첫 에세이로 인사드립니다.

다시 만나서 반가워요. 따뜻한 봄날이어서 더 그래요.

2026년 늦봄에

끼은영

첫 단어이며 떠올렸습니다.

그때 잊고싶던 지난날을, 천천히 떠올리기 시작했다.

정양 매일
손자손

백
지

앞
에
서

백지

앞에
서

최은영 산문

문학동네

일러두기

저작권자와 연락이 닿지 않아 허가를 얻지 못한 일부 인용문은 추후 연락이 닿는 대로 허가 절차를 밟을 예정이다.

차례

버려진 일기장에게

『백지 앞에서』는 나의 여섯번째 책이자 첫번째 에세이집이다. 원고를 묶으면서 처음 책을 냈을 때처럼 기분좋은 떨림과 긴장을 느낀다.

최근에 어떻게 지내느냐는 질문을 받을 때면 에세이를 쓰고 있다고 말했다. 그러면서도 무슨 에세이를 쓰느냐는 질문에는 정확한 대답을 하기가 어려웠다. 예전부터 수치심에 관한 에세이를 쓰고 싶다고 말해왔었는데 막상 글을 쓰기 시작하자 그것만으로는 이 책을 설명하기가 어려워졌다. "그냥 제가 생각하고 느끼는 것을 써요"라는 심심한 답을 할 수밖에 없었다.

얼마 전 가족과 밥을 먹다가 다음 책은 에세이라고 이야기했다. 무엇을 쓰느냐는 질문을 들을 줄 알았는데 동생이 "에세이가 정확히 뭐야?"라고 물었다. 순간 대답이 바로 나오지 않았다. 조금 생각하다 "픽션이 아닌 거야. 겪은 일을 쓰는 거야"라고 답했는데 충분하지 않다는 생각이 들었다.

에세이가 무엇이냐는 동생의 질문은 지난 몇 달간의 작업을 돌아보게 했다. 소설을 쓰며 나는 허구의 이야기와 인물 뒤에서 얼마간 안전했다. 나는 인물에 반영된 내 모습을 알았지만 동시에 그들은 내가 아니었기 때문이다. 독자가 내 소설 속 인물과 이야기에 관해 말할 때 나는 그 목소리로부터 한 발짝 떨어져 있을 수 있었다. 하지만 에세이에서 독자는 허구의 인물이 아니라 실재하는 인간인 나의 목소리를 듣는다. 나는 그 어느 때보다도 타인의 얼굴에 가까이 다가가는 기분을 느낀다.

에세이 작업을 하던 시기에 나는 매일 일정 분량의 일기를 썼다. 낮에는 컴퓨터로 에세이를 쓰고 밤에는 노트에 펜으로 일기를 썼다. 일기를 매일 쓰기 시작한 건 얼마 되지 않은 일이다. 작가생활을 하면서 글쓰기에 대한 욕구가 상당 부분 채워졌기 때문이었을 것이다. 그러다 이 년 전부터 작은 노트에 일기를 쓰기 시작했다. 내가 좋아하는 강철원 사육사가 바쁜 일정에도 불구하고 매일 있었던 일을 일기로 기록하는 모습을 보고서였다. 처음에 나는 그날의 날씨, 한 일, 만난 사람, 먹은 음식, 읽은 책 같은 것을 짧게 기록했다. 감정이나 생각은 쓰지 않거나 쓰더라도 뭉뚱그려 표현했다. '하루종일 기운이 없었다.' '피곤했다.' '슬펐다.' 그렇게 간단하게 쓰면서도 어쩐지 탐탁지가 않았다. 그조차도 과하다고 생각해서였다.

그렇게 일 년 정도 썼을 때였다. 나는 그날도 작은 책상에 앉아서 내게 있었던 일을 최대한 객관적으로 기록하려고 했다. 하지만 그럴 수가 없었다. 나는 그날의 내 감정을 서너 줄 정도 덧붙였다. 그러면서도 자제해야 한다고 생각했고 최대한 정제된 언어로 쓰려고 했다. 그날 이후로도 나는 일기장에 내 감정을 풀어 쓰지 않으려고 노력했다. '누가 읽으면 어쩌려고.' 처음에는 그렇게 생각했지만 그 이유가 전부가 아니라는 걸 알고 있었다.

'안 쓰면 잊을 수 있잖아. 미래의 너를 속일 수 있어. 안 쓰면 없던 일이 되는 거야. 만약 네 감정을 쓰기 시작한다면……넌 주체하지 못할 거야. 힘들겠지.' 거기까지 생각하고 나는 중학생 시절을 떠올렸다. 가장 솔직하게 일기를 썼던 그때를.

그때의 나는 슬프거나 괴로울 때, 누구에게도 이야기할 수 없는 비밀스러운 생각들을 털어놓기 위해서 일기를 쓰곤 했다. 나는 본능대로 글을 쓰면서도 너무 솔직해서는 안 된다고 생각했다. 절제해야 한다고. 하지만 아무리 절제해도 그 나이의 아이답게 나는 종이 위에서 폭발하고 있었다. 그 모습은 불온해 보였고 나는 그렇게 글을 쓰는 일이 자랑스럽지 않았다. 내가 쓴 글을 읽을 때면 기분이 좋지 않았다.

그때의 나는 내가 느끼는 자연스러운 감정이나 비밀스러운 갈망을 철저히 감추고 덮어야 한다고 믿었다. 종이 위에 쓰지 않는 한 그런 감정은 존재하지 않는다고 나를 속일 수 있었다. 쓰지 않는 한 나에게 얼룩과 그림자가 없다고 믿을 수 있었다. 하지만 나는 쓰는 일을 멈출 수 없었고, 종이 위에서는 나를 속이기가 어려웠다. 내게 존재하는 더럽고 자랑스럽지 않은 감정과 생각이 나는 부끄러웠다.

막 고등학교에 입학했을 무렵의 어느 날, 밤늦게 집에 들어왔다. 현관 앞에서 엄마가 화가 난 얼굴로 서 있었다. 엄마는 "너도 너 같은 딸 낳아봐"라고 말하면서 문이 열린 내 방을 가리켰다. 내 방 침대 위에는 내가 침대 서랍에 숨겨둔 일기장이 펼쳐져 있었다.

아직도 나는 그 일기장이 어떻게 생겼는지 기억한다. 옅은 분홍색 양장 노트였고 커버에 나비 모양의 예쁜 반짝이가 붙어 있었다. 반투명한 플라스틱 케이스도 한 세트였다. 나는 엄마가 화를 내는 이유가 그 일기장 때문이라는 것을 알았다. '너 같은 딸'이라는 말에 담긴 비난은 그 일기장에 적힌 내 생각과 감정을 향하고 있었다.

나는 나의 사적 영역이 침해되었다는 분노는 조금도 느끼지 못한 채로, 아무리 오랜 시간이 흘러도 극복되지 않을 것 같은 수치심을 느꼈다. 그건 내 존재에 대한 부적절한 느낌이었다. 내 안에는 분명히 무언가 잘못된 부분이 있었다. 그건 제거할 수도 없고 씻어낼 수도 없는, 내 존재를 둘러싼 피부 같은 것이었다. 나는 내가 수치스러웠다. 엄마의 시선을 통과한 채 침대 위에 내던져진 일기장은 내게 말하고 있었다. 넌 존재 자체로 부끄러운 인간이라고.

그 일 직후에 우리 가족은 이사를 갔다. 나는 일기장을 다른 장소에 숨겼고, 고등학교 3학년이 되기 직전에 그것을 꺼내 한 장씩 찢어내어 껍데기만 남겼다. 그러고 나서 증거를 인멸하는 범죄자처럼 낱장의 종이들을 공중 쓰레기통에 버렸다. 그 이후로 나는 그런 일기를 쓰지 않았다. 쓰더라도 객관적인 사실을 기록하는 것에서 그쳤다.

그뒤로도 한 번씩 그 일기장을 떠올렸다. 반투명한 플라스틱 케이스에서 그걸 꺼낼 때의 느낌, 손에 쥐던 감각, 내지의 색깔 같은 것을. 나는 왜 그 일기장을 바로 버리지 않고 이사간 집에 챙겨갔던 걸까. 언제든 다시 발각되면 같은 일을 겪을 위험을 감수하면서까지 왜 그래야 했을까. 하나도 자랑스럽지 않고 꼴 보기도 싫은 그 일기장을 왜 바로 버리지 않았을까. 일기장이 침대에 전시되듯 놓여 있었을 때 가슴이 내려앉으며 발가벗겨진 기분, 얼굴이 붉어지던 느낌을 분명히 기억하면서도.

지금의 내가 그 이유를 모르듯이, 그때의 나도 그랬을 것이다. 버릴 수 없을 만큼 좋아해서, 애착해서 그런 건 아니었을 것이다. 그 안에 들어 있는 마음이 소중하고 지키고 싶어서 그런 것도 아니었겠지. 일기장을 이리저리 숨기면서도 계속 곁에 두었던 그때의 내 모습이 나라는 사람의 기질이라는 생각을 한다. 의식적으로는 일기장에 담긴 생각과 감정이 혐오스럽고 미우면서도 무의식적으로는 그 마음이 나라는 걸 알아서, 그런 나를 잃고 싶지 않았던 것 아닐까. 그런 모습은 내가 아니라고 부정하며 애써 일기장을 찢어 버렸지만 나는 내 기억에서 일기장을 지울 수 없었다.

*

소설가로 일하면서 자신이 경험한 일을 소설로 쓰느냐는 질문을 많이 받았다. 이야기에 관해서라면 나는 내가 경험한 일을 가공하지 않은 채 쓰지 않는다. 하지만 감정에 관해서라면 다르다. 내 소설 안에서 인물이 느끼는 감정은 언젠가 내가 경험한 것, 잘 아는 것이다.

그런 식으로 소설 안에서 생각과 감정을 표현해온 내가 일기장 앞에서는 왜 그토록 주저했던 것일까. 소설을 쓸 때는 존재했던 시차가 일기를 쓸 때는 없었기 때문인 것 같다. 소설을 쓸 때의 나와 특정 감정을 느꼈던 순간의 나 사이에는 시간적 거리가 있었다. 하지만 일기를 쓸 때는 그렇지 않았다. 그날 있었던 일을 써야 했기에 내가 느낀 감정을 인정하기까지의 시간이 충분히 주어지지 않았다.

감정은 본능적인 반응이다. 슬프면 슬픈 것이고 화가 나면 화가 나는 것이지, 거기에 이성적인 이유를 달 필요는 없다. 자기 감정을 변명할 필요도, 정당화할 필요도 없다. 하지만 일기장 위에서 나는 머뭇거리고 멈추면서 내 감정이 정당하지 않다고 판단하거나 '내가 이렇게 느껴도 되는 거야?'라고 누군가에게 허락을 구하고 있었다. 그랬기에 감정에 대해서는 적지 않는 편이 차라리 나으리라고 판단했던 것 같다. 너무 혼란스러웠으니까. 내 감정을 존중해야 한다거나 감정에는 나쁘거나 좋은 것이 없다는 걸 머리로는 알면서도 일기장을 펼치면…… 나는 느끼지 않고 억누르려는 예전의 습관대로 움직이고 있었다.

삼십대 어느 시점의 나는 울어야 하는 일을 겪고도 눈물이 나오지 않았다. 한참의 시간이 지나고 나서야 울면 멈출 수 없을 거라는 두려움 때문에 그랬다는 걸 깨달았지만. 일기장 위에서 머뭇거리며 나아가지 못하는 마음도 그와 같았다. 내 감정을 한번 인정하기 시작하면 올이 나간 나일론 스타킹처럼 점점 그 상처가 벌어져서 수습할 수 없을 거라고 믿었다.

어려서부터 나는 용기 있는 사람이 되기를 바랐다. 나를 포함한 모든 사람에게 솔직하기를 바랐고 그래서 내 존재가 조금 더 가벼워지기를, 더 자유로워지기를 바랐다. 돌아보니 그 소망은 정확하게 내 결여를 가리키고 있었다. 자신이 결여한 부분을 추구하는 것이 인간의 본능인 것일까. 누군가를 진짜로 사랑하며 사는 사람은 사랑이라는 관념을 습관적으로 입에 올리지 않고 용기 있는 사람은 그게 용기인 줄도 모른다. 충만한 삶을 사는 사람은 인생이니 삶이니 같은 말에 관심이 없다. 내가 용기나 자유 같은 가치에 끌렸던 건 내가 비겁하고 부자유한 사람이기 때문이었다.

나는 얼마 없는 용기를 그러모아서 일기장에 그때그때 떠오르는 생각을 그대로 적어내려갔다. 하루하루 시간이 흐를수록 내 마음을 제지하려는 힘이 약해지는 것을 느꼈다. 날것의 감정을 인정한다는 건 불편한 일이었다. 감정을 인정하는 순간 마음은 행동이나 사고의 변화를 요구하기 때문이었다. 내 감정을 누르고 덮어버리면 나는 변화를 추구하지 않아도 됐다. 갈등을 요령껏 피해가는 건 얼마나 쉬운 일이었나. 하지만 그런 식으로 사는 건 내가 진심으로 바라는 바가 아니라는 걸 나는 마음 깊이 인지하고 있었다.

진짜 용기 있게 살고 싶다면 나는 변화해야 했다. 나의 뿌리깊은 의존성, 나의 가치는 타인의 판단에 달려 있다는 믿음,

나의 필요와 요구를 존중하는 건 나쁘다는 생각, 내 '진짜' 마음을 표현하는 건 위험하다는 느낌 같은 것을 그대로 대면해야 했다. 그것이 아무리 불편한 일일지라도. 이 책에 실린 원고의 대부분은 그 변화의 과정에서 쓰였다. 에세이는 일기를 비추고, 일기는 에세이를 비췄다. 나의 일기는 영원히 세상의 빛을 보지 못하겠지만 이 책을 쓰는 과정에서 늘 이 글들과 함께였다.

만인에게 자신의 패를 보이는 것처럼 어리석은 일은 없을 것이다. 그런 의미에서 어떤 작가들은 자기 패를 모두 보인 채 승부를 놓아버린 사람, 영원히 패배하는 사람으로 살아간다. 글쓰기의 세계에 더 깊이 들어가기 위해서 숨기고 싶고 부정하고 싶은 자기 약점과 취약성을 세상에 노출하는 어리석은 사람들…… 시그리드 누네즈는 이렇게 썼다.

그리고 플래너리 오코너는 소설 작가에게 어리석음이라는 기질은 없어서는 안 될 것이라고 말했다. 나도 그걸 갖고 있다.[*]

나도 그 어리석음을 갖고 있다. 어리석음은 나의 기질이다.

---

[*] 시그리드 누네즈, 『그해 봄의 불확실성』, 민승남 옮김, 열린책들, 2025, 183쪽.

'이렇게 써도 되나'라는 생각이 들면 더더욱 그렇게 쓰려고 했다. '이건 너무 사소한 문제 아닌가?'라고 나의 고민을 평가 절하하는 내면의 목소리가 들릴 때면 오래도록 그런 목소리를 듣고 살아온 내 마음의 편이 되어주고자 했다. 이 책을 쓰면서 아프지 않았다고 말할 수는 없을 것 같다. 하지만 아프게 쓰지 않고는 견딜 수 없는 나 자신이 있었다.

*

2024년 가을에 에세이집을 내기로 결정하고 가장 처음 쓴 글은 「당신이 더는 나를 원하지 않는다는 기분」이다. 나의 고 질적인 유기 불안을 종이 위에 고백하고 나니 오래된 두려움 이 조금은 가벼워진 기분이 들었다. 이 글을 완성하고 몇몇 독 자 모임에서 소리 내어 낭독해보기도 했다. 그런 시간을 통해 서 얻은 용기가 소중했다.

그다음으로는 「못생겼다는 느낌」을 썼다. 언젠가는 이 내용 을 소설이 아니라 에세이로 쓰고 싶었었다. 허구의 인물 뒤에 서 이야기하지 않고 인간 최은영의 목소리로 말해야 한다는 믿음이 있어서였다. 외모 강박에 시달렸던 어린 나와 마주하 는 일은 쉽지 않았지만, 이 글을 쓰는 동안 그때의 나를 부끄 러워하고 수치스러워했던 내 마음에서 자유로워질 수 있었다.

2024년 12월에는 베트남 하노이에서 「174517」의 일부를 썼다. 〈2018 한·중·일 동아시아문학포럼〉에서 발표한 글에 현재의 생각을 덧붙이고, 12·3 내란 사태를 지나 재독한 프리모 레비에 대한 독후감을 더했다. 12월 말에 귀국하고 갑상선암을 진단받았다. 「174517」을 마무리하고 종합병원 외래를 다녔던 시기의 일을 「긴 겨울」에 담았다. 갑상선암 수술을 받고 쉬어가면서 「천천히 달리기」와 「백지 앞에서」 「혼자 사는 연습」을 썼다.

　「그때의 은희들에게」와 「인간과 동물 사이」는 2019년에 쓴 글로 각각 『벌새: 1994년, 닫히지 않은 기억의 기록』* 『다름 아닌 사랑과 자유』**에 실렸다. 「그날 이후」는 세월호 참사 십 주기 특집 글로 계간 『문학동네』 2024년 봄호에 발표한 글이다. 글을 쓰고 책을 준비했던 모든 순간에 진심으로 감사하다.

　가장 길게는 지난 팔 년간 품었던 원고를 이제 세상에 내놓는다. 떠나가는 원고의 등을 두드리며 말을 건네본다. 따뜻한 곳보다는 차가운 곳으로, 웃음이 있는 곳보다는 눈물이 있는 곳으로, 함께인 곳보다는 홀로인 곳으로, 충만한 곳보다는 메마른 곳으로 있는 힘껏 나아갈 수 있기를. 네가 필요한 곳으로

---

* 김보라 외, 『벌새: 1994년, 닫히지 않은 기억의 기록』, 아르테, 2019.
** 김하나 외, 『다름 아닌 사랑과 자유』, 문학동네, 2019.

자유롭게 날아가기를. 마침내 도착한 그곳에서 너의 삶을 시
작하기를.

2026년 봄
최은영

백지 앞에서

이십대 초반의 작은 결정이 인생의 큰 방향을 좌우하는 경우가 있다. 내게는 대학교 여성주의 교지 편집부에 가입하기로 결심한 순간이 그랬다. 만약 그때 관심사가 달랐다면 내 삶은 지금과 전혀 다른 방향으로 나아갔을지도 모른다.

내가 다니던 학교에는 두 개의 교지 편집부가 있었다. 그중한 곳을 나는 눈여겨봤다. 한 학기에 한 번 두툼한 교지 한 권을 펴내는 곳이었다. 입학하고 첫 학기에 그 교지를 읽으면서나는 나와 같은 대학생이 어떻게 이런 글을 쓸 수 있는지 부러웠다. 그게 뭔지 정확히 설명하기는 어려웠지만 교지가 나와 '통한다'는 생각이 들기도 했다. 나중에야 내가 통한다고 느낀부분이 그 교지의 '관점'이었다는 사실을 알았다. 가을 학기가 시작되고 나는 그곳의 문을 두드렸다.

처음에는 모든 것이 낯설었다. 교지 편집부에서는 평어平語와 별칭을 썼는데 말을 잘 놓지 못하는 성격상 한 학번이나 두 학번 선배에게 '○○이는 어떻게 생각해?' 같은 말을 하는 것이 어색했다. 주마다 이어지는 세미나의 공부량이 많았고 생각을 체계적이고 논리적인 글로 정리해본 경험이 거의 없어서 다른 성원들을 따라가기가 어려웠다. 나도 다른 친구들처럼 빛나는 시선으로 글을 쓸 수 있다면 좋겠다고 생각했다.

내가 그곳에서 처음 쓴 글의 주제는 '아내 폭력'이었다. 그 글을 쓰기 위해 서울여성의전화에 가서 활동가와 인터뷰를 하고 관련된 책을 찾아 읽었다. 그때 읽었던 책 중 하나가 정희진의 『저는 오늘 꽃을 받았어요』또하나의문화, 2001였다. 그 책을 읽으면서 나는 내가 딛고 서 있던 지반이 흔들리고 갈라지는 것을 느꼈다. 그 책을 읽기 전의 나로 되돌아갈 수 없었다.

나는 그 책을 읽으며 여성주의적 관점 없이는 현실을 정확하게 인식하는 것이 불가능하며, 내가 사용하는 언어가 표현의 도구이기도 하지만 세상을 보는 관점 그 자체라는 사실을 깨달았다. 그때 내가 이해한 여성주의는 소수자의 관점으로 세상을 바라보는 방식이었다. 소수자에 대한 배제와 차별과 폭력에 반대하며 '평등'만이 아니라 '정의'를 지향하는 길. 나는 내가 여성주의자가 되었음을 알았다.

교지 편집부 활동을 하면서 기존의 세계가 깨지는 경험을 했지만, 그래서 행복했던 것만은 아니었다. 깜냥이 되지 않는 상태에서 글을 써야 했고, 여성주의를 받아들이는 과정 또한 마냥 즐겁지만은 않았다. 나에게 여성주의는 안경을 쓰는 일과 같았다. 평생을 근시로 그럭저럭 살아가다가 어느 날 안경을 쓰고 모든 것을 분명하게 본 사람처럼. 말로 설명할 수 없었던, 찝찝하고 답답한 '느낌'을 언어로 표현할 수 있게 되자 이해와 자유를 얻은 동시에 슬픔과 분노가 들이쳤다. 차라리 이 안경을 쓰지 않았다면 좋았겠다는 생각이 들 정도였다.

그전까지 미소지니의 세계에 적응하고자 했던 모든 순간이 부끄럽게 느껴지기도 했다. 내가 세상을 바라봤던 방식, 나 자신에게 기대하고 요구했던 모습이 용서되지 않기도 했다. 그랬기에 나를 '옳고 그름'의 잣대로 판단하며 '네가 그러고도 여성주의자야?'라고 단죄했다. 어린 시절부터 작동해오던 자기비판적 사고방식에 엔진을 달아준 격이었다.

회의실에 앉아서 친구들과 세미나를 하고 서로 쓴 글을 읽으며 토론할 때면 '너는 말로만 여성주의자지 네 삶은 그렇지 않잖아?'라고 스스로를 경멸하는 마음이 들었다. '내가 옳다'는 생각에 같이 활동하는 친구들에게 상처를 주기도 했다. 그건 다 뭐였을까. 나는 오래도록 돌아봤다. '옳음'에 사로잡혀서 나와 타인을 존중하는 일의 중요성을 놓쳤던 그때의 나를.

작가가 되고 언젠가 인터뷰를 하면서 나는 내게 여성주의가 '백신'이었다고 말했다. 처음 여성주의를 받아들이고 공부하면서 느꼈던 분노, 슬픔, 자괴감은 이 세상을 더 건강하게 살아갈 수 있는 항체를 만드는 과정이었다고. 여성주의를 만나지 못했더라면 나는 다치는 줄도 모르고 나를 다치게 했을 것이고 삶의 고비를 넘어가지 못하고 주저앉았을지도 모른다. '나도 세상 다른 이들과 마찬가지로 존엄한 사람이야' 같은 소박한 수준의 자기긍정조차도 여성주의 없이는 내게 가능하지 않았으리라는 걸 나는 안다.

내가 체득한 여성주의적 가치는 스스로의 가치를 회의하게 될 때, 누군가 내 공간을 함부로 침범할 때, 분명한 부조리를 맞닥뜨릴 때 미약하게나마 경고 신호음을 울리게 했다. 전에는 내 안에 있는지도 몰랐던 경고등이었다. 여성주의를 접하지 않고도 자기 가치를 긍정하며 스스로를 지킬 수 있는 사람도 많을 것이다. 하지만 애초에 나는 그런 사람이 아니었다. 그런 의미에서 이십대 초반에 여성주의를 만난 건 내게 무엇과도 바꿀 수 없는 행운이었다.

나는 3학년까지 교지 편집부 활동을 하고 휴학했다. 그리고 어느 회사의 작은 사무실에서 아르바이트생으로 일하며 한 학기를 보냈다. 마지막으로 출근한 날, 아마도 지금의 내 나이쯤 됨직한 직원이 해가 저문 길거리에서 이렇게 말했다.

"최은영씨는 여권주의자처럼 보여요. 자기가 남들이랑 다른 것 같아요? 결국 나이들면 자기가 아무것도 아니라는 걸 알게 되겠지."

그는 그 말을 하고 아무런 인사도 없이 멀어져갔다. 나는 그저 근태가 좋고 시키는 일을 군말 없이 하는 아르바이트생일 뿐이었다. 개인적인 이야기도 별로 나눠본 적 없고 사무실 어른들의 마음을 거스르지 않기 위해 애썼는데 '여권주의자'로 보였다니. 분명 내가 상식이라고 생각하고 말한 부분에서 그는 '여권주의'를 느낀 것이다. 거기에 더해서 그는 내가 남들과 다르지 않으며 나이가 들면 아무것도 아니라는 걸 알게 될 거라고 했는데, 그 말은 내게 상처가 아니라 새로운 자기 인식의 순간을 주었다.

나는 일평생 내가 다른 사람만큼 가치 있다고 느끼지 못했고 있는 힘껏 그런 비밀스러운 생각을 숨기고자 노력했다. 있는 듯 없는 듯 눈에 띄고 싶지 않았다. 주목을 받으면 분명히 부끄러운 일을 당할 거라고 믿었다. 누군가 나를 '다르다'고 인식하는 것이 수치스러웠다. 그런데 막상 사무실의 그 직원에게서 내가 남들과 다르지 않으며 결국은 아무것도 아님을 알게 될 거라는 말을 듣는 순간, 내 안에서 한 번도 들은 적 없던 목소리가 들려왔다.

'나는 아무것도 아닌 사람이 아니야. 그런 적도 없고, 그럴

수도 없어. 아무것도 아닌 사람은 없으니까. 그리고 나는 알
아. 내가 저 사람 정도의 나이가 된다면, 자기보다 한참 어린
사람에게 저런 말을 할 정도로 형편없지는 않으리라는 걸. 나
는 그렇게 되지 않아.'

그 순간은 오래도록 내 마음에 남아 있다. 나의 가치를 부정
하는 목소리에 잡아먹히지 않은 거의 최초의 순간이었기 때문
이다. 세상 모두가 그렇듯이 나 역시 아무것도 아닌 사람이 아
니라는 것. 그 정도까지는 나를 믿을 수 있게 된 거였다. 부정
적인 의미로 말한 게 분명한 '여권주의자'라는 단어에도 기분
이 나쁘지 않았다. 내가 내 생각을 굽히지 않고 제대로 표현하
는 사람으로 보인 것 같아서였다. 여성주의 항체는 그런 식으
로 내 안에서 작동하고 있었다.

*

졸업이 가까워져오자 장래가 고민되기 시작했다. 취직해 자
리를 잡아야 했지만 글을 쓰고 싶었다. 만약 내가 그때 여성주
의적 가치를 공유하는 글쓰기 공동체를 만나지 못했더라면 나
는 작가의 길을 가지 않았을 것 같다. 그곳에서 활동하며 나
는 존재하지만 비가시화된 현실을 언어로 표현하는 일에 관심
을 갖게 됐다. 현실에 엄연히 존재하는데도 가려지고 없는 것

처럼 취급되는 사람들과 그들의 삶을 언어로 표현하고 싶다는 욕구가 생겼다. 그것도 소설을 통해. 열다섯에 처음 소설을 써보긴 했지만 내가 소설가가 될 수 있으리라고는 생각해본 적 없었기에 그런 마음이 나조차도 당황스러웠다. 소설 읽기를 좋아한다고 해서 소설을 쓸 수 있는 건 아니니까. 내가 소설 쓰는 일이 무엇인지 정확하게 알고, 실제로 그 일을 해서 외부의 작은 인정이라도 받았다면 그 욕망을 꿈이라고 말할 수라도 있었을 것이다. 하지만 그중 어떤 것도 하지 못했던 나는 내 꿈을 가슴속으로 밀어넣기로 했다.

나는 독립적인 사람, 적어도 일인분의 몫은 하는 사람으로 살고 싶었다. 그러기 위해서는 안정적인 직장에 취직해 돈을 벌어야 한다는 걸 알았다. 하지만 한편으로는 취업 전선에 뛰어든다면 소설 쓰는 일로부터 영영 멀어지리라는 직감이 들었다. 나는 이러지도 저러지도 못한 채 국문학과 대학원에 진학했다. 그렇게라도 문학 곁에 붙어 있고 싶었다.

대학원에 다니면서 나는 내가 최종적으로는 문학 연구자의 길을 가게 될 거라고 생각했다. 창작이 아니더라도 문학을 읽고 글쓰는 일을 하며 살아간다면 만족할 수 있으리라 믿었다. 가장 원하는 일이 있었지만 시도조차 해보지 않고 처음부터 차선을 고른 것이었다. '창작은 아무나 하는 게 아니니까.' '나처럼 평범하고 창의적이지 않은 사람은 할 수 없는 일이야.'

나는 도전해보지도 않고서 그런 식으로 나를 설득했다.

돌아보면 무의식적으로 알고 있었던 것 같다. 문학 연구는 내가 진심으로 사랑하고, 내 존재를 던져서 하고 싶은 일이 아니었다. 그렇기에 실패해도 타격받지 않으리라는 걸 알았다. 그 당시의 나는 항상 그런 식의 선택을 했다. 치명상을 입지 않을 길을 찾고 겉으로 무난해 보이기 위해서 나를 속였다.

논문 쓰는 일은 어려웠다. 논문은 구조를 짜고 일정한 형식 속에서 논지를 전개해야 하는데, 형식에 답답함을 느끼고 구조화를 어려워하는 나와는 잘 맞지 않았다. 논문을 쓰고 공부를 하면서 나는 공부의 대상이 되는 작가들에게 질투를 느꼈다. '당신은 소설가로 살았구나……' 그 생각을 하면 가슴이 아팠다. 내게 창작의 재능이 없다는 것을 확신하면서도, 마음은 자꾸만 그쪽으로 기울었다. 그 마음을 부정하고 애써 다른 방향으로 나아가려고 하니 큰 힘이 들었다. 그런 상황에서는 글도 삶도 자연스럽지 않고 억지스러워졌다.

어느 날 집으로 가는데 어떤 사람이 길에 비닐을 깔아놓고 헌책을 팔고 있었다. 나는 그중에서 『인생 수업』이라는 책을 충동적으로 샀다. 원래 그 책은 내 관심에서 멀리 있었다. 표지나 제목이 별로 흥미로워 보이지 않았고, 그때는 베스트셀러에 대한 편견도 있었다. 그런데 그날은 어쩐지 그 책을 꼭 사야 할 것 같다는 생각이 들었다.

그렇게 처음 엘리자베스 퀴블러 로스를 만났다. 나는 책과 독자 사이에 인연이 있어 책이 그 책을 필요로 하는 사람에게 간다고 믿는 편이다. 만약 『인생 수업』을 그전이나 그후에 읽었다면 별다른 느낌을 받지 못했을지도 모른다. 『인생 수업』이 내게 답을 준 것은 아니었다. 다만 그 책은 내가 마음속에 품고 있었지만 의식하지 못했던 질문을 하게 했다. '너는 왜 살아?' 책이 내게 물었다. '왜 사느냐고 묻고 있어.'

대학원을 다닐 때의 나는 시야가 좁아질 대로 좁아진 상태였다. 당장 읽어야 할 책, 치러야 할 시험, 조교 일, 아르바이트, 써야 할 페이퍼와 논문이 내 세계의 전부였다. 대학을 다닐 때보다도 삶에 불만족하고 있었지만 그런 상황에 근본적인 의문을 던지지 않았다. 마음속 욕구를 따라 살지 못하는 것, 거기에서 초래된 여러 문제를 그저 성실히 생활해나가는 것으로 회피하고만 있었다.

『인생 수업』은 현실의 나를 먼 거리에서 조망하게 했다. 원래의 내가 고개를 숙인 채 골목 끝에 서 있었다. 그 골목이 세상의 전부라도 되는 것처럼. 하지만 먼 거리에서 바라본 내 삶은 그 골목과 비교할 수 없을 정도로 넓었다. 그리고 나는 어디로든 갈 수 있었다. 그건 망상이 아니라 현실이었다. 또한 삶은 유한했다. 임종을 앞둔 사람들과 오랜 시간을 보낸 작가는 이렇게 말한다. "삶은 우리가 생각하는 것보다 훨씬 짧습니다."* "수없이 많은 임종의 자리에서 수없이 많은 사람들이 뉘우칩니다. '난 한 번도 내 꿈을 추구해본 적이 없어.' '난 내가 하고 싶은 것을 해본 적이 없어.'"**

그 책을 다 읽기도 전에 나는 글을 쓰고자 하는 욕망이 소설을 처음 썼던 열다섯 살의 겨울날로부터 사라지지 않고 내 안에 살아 있었다는 사실을 인정했다. 그제야 내 안에서 타오르는 불길이 보였다. 사그라지지 않고 계속해서 타오르는 불길. 그건 아무리 꺼버리려고 해도, 꺼진 듯 보였다가도 다시 타올라 나의 어두운 내면을 비추었다.

그렇게 이십대 후반에 들어서야 나는 창작 수업을 수강했고 습작을 시작했다. 논문을 쓰던 감각으로 소설을 쓰기는 어려웠다. 무엇보다 사람들 앞에서 내 글을 평가받는 일이 두려웠다.

돌아보면 소설쓰기를 차마 시작하지도 못했던 시간 동안 나는 나를 '달콤한 미결정의 상태'에 두었던 것 같다. 쓰지 않으면, 평가받지 않으면 실패를 대면하지 않아도 됐으니까. 내가 만든 결과물을 판단의 장에 올리지 않는다면 나는 여전히 내게 작가로서 어떤 '가능성'이 있다는 믿음을 유지할 수 있었다. 합평을 통해 결과물에 대한 다른 사람들의 의견을 듣는 일

---

* 엘리자베스 퀴블러 로스, 데이비드 케슬러, 『인생 수업』, 류시화 옮김, 이레, 2006, 48쪽.
** 같은 책, 110쪽.

은 그런 편안한 '안전지대'와의 이별을 뜻했다.

하지만 내가 쓴 형편없는 결과물을 마주하고, 그것을 평가받는 자리에 내놓는 일은 작가라면 매번 지나가야 하는 길이었다. 조앤 디디온의 말처럼, "작가라는 직업의 특별한 점은 자신의 말들이 활자로 인쇄된 것을 봐야 한다는 씻을 수 없는 치욕을 피하고서는 작가가 될 수 없다는 사실이다"[*]. 나는 완벽할 수 없어서 나아가지 못한 것이 아니라 단지 내 수준을 인정할 자신이 없어서 우물쭈물했을 뿐이었다. 창작 수업을 들으며 나는 가장 기초적인 수준에서부터 소설쓰기에 접근해야 했다.

그때 가장 어려웠던 것은 초고를 완성하는 일이었다. 완성도의 문제가 아니라 엉망이라고 하더라도 초고를 완성하는 일 자체가 어려웠다. 나는 문학을 오래도록 학문의 대상으로서 배웠고 문학사에 남은 작품을 창작의 기준으로 삼았기에 내가 쓴 글을 참기가 어려웠다. '좋은 이야기란, 좋은 문장이란 이러이러한 것이다'라는 내가 세운 관념 속에서 글은 자유롭게 나아가지 않았다.

글을 쓰기 전에 '주제'를 생각하니 인물들이 내가 '만든' 존재처럼 부자연스럽게 움직이고 말했다. 문장을 쓸 때 몸에 쓸

---

[*] 조앤 디디온, 『내 말의 의미는』, 김희정 옮김, 책읽는수요일, 2024, 190쪽.

데없는 힘이 들어갔다. 소설 속 문장은 일기에 쓰는 문장과는 달라야 하며 내 문체를 고쳐야 한다고 생각했기 때문이었을까. 그러다보니 문장과 문장이 자연스럽게 이어지지 않았고 인물도 살아 있는 것처럼 느껴지지 않았다.

일기를 쓸 때는 그런 막힘이 없었다. 문장의 완성도나 글의 '의미'에 연연하지 않고 생각나는 대로, 느끼는 대로 썼다. 생각과 감정을 언어로 자유롭게 표현하는 데서 느끼는 해방감은 내가 글쓰기에 끌린 이유였다. 이것이 왜 소설쓰기에는 적용되지 않을까. 분명 고등학생 시절 소설을 썼을 때는 그런 해방감이 가능했었는데…… 아침에 눈을 떠서 잠들 때까지 그런 생각을 하곤 했다. 내 앞을 가로막은 알 수 없는 벽을 깨뜨리고 싶었다. 소설을 잘 쓰고 싶었다.

무언가를 잘하고 싶다는 마음에 심장이 뛰고 몸에 피가 도는 것은 처음이었다. 나는 성실한 편이었지만 그때의 성실함이란 보통 외부적인 동기 때문에 가능했다. 학위를 따려고 공부했고 돈을 벌기 위해 아르바이트를 했다. 노력하면 대체로 결과가 나오는 일이었다. 하지만 소설쓰기는 노력이 결과를 보장하지 않았다. 내 안의 현실적인 자아는 소설쓰기에 정신이 팔린 나를 불안한 시선으로 바라봤다. 이런 일에 골몰할 만큼의 여유와 자원이 없다는 걸 나는 알았다.

어느 날, 건널목에 서 있는데 가슴이 활활 불타는 기분이 들었다. 당장이라도 책상 앞으로 달려가서 글을 쓰고 싶었다. 조금 더 깊이 소설 속으로 들어가 써보고 싶었다. 가끔은 한밤중에 잠이 깨서 완전히 각성한 채로 소설쓰기에 대해 생각하기도 했다. 아침에 눈을 뜨면 가장 먼저 내가 쓰고 있는 소설 생각이 났다.

그때 왜 그렇게까지 소설 생각에 몰두했는지는 아직도 정확히 설명하기가 어렵다. 오랜 시간 눌러왔던 깊은 욕구가 내 의식에서 인정받자마자 한꺼번에 쏟아져나왔던 걸까. 첫 책의 작가의 말에 쓴 대로 이 일을 포기한다는 생각만으로 울음이 터져나오기도 했다. 사랑이라는 단어 말고는 그 상태를 설명할 언어가 없을 것 같다. 그러는 동안 공모전에 응모했지만 예심도 통과하지 못하고 떨어졌다.

그래도 소설 쓰는 일을 멈추지 않았다. 소설 쓰는 시간이 길어질수록 자연스럽게 점차 손이 풀렸다. 내 관념 속 '멋진' 문장을 포기하고 나만의 문체로 글을 썼다. 문체는 내면의 고유한 리듬이었다. 나는 나의 리듬을 존중하고자 했다. '주제'나 '의미' 같은 관념도 버렸다. 그저 머릿속에 떠오르는 대로 즉흥적으로 글을 쓰기 시작했다. 본격적으로 매일 글을 쓴 지 이년이 된 시점이었다. 그때 나는 경장편 공모전을 준비하고 있었는데 원고지 기준 이백오십 매 정도를 썼을 때 갑자기 어떤 문장이 나를 찾아왔다.

"나는 차가운 모래 속에 두 손을 넣고 검게 빛나는 바다를 바라본다. 우주의 가장자리 같다."

나는 이 말을 하는 사람이 내가 쓰고 있는 소설 바깥에 있다는 걸 알았다. 해변에 앉아서 모래에 손을 넣고 밤바다를 바라보는 사람…… 나는 그 사람의 목소리를 받아 적었다. 그 사람은 밤의 해변에서 누군가를 기억하고 있었다.

그 지점에서 나는 기존에 쓴 이백오십 매의 글을 버리고 갑자기 찾아온 낯선 목소리를 따라갔다. 마치 스크린을 보듯 눈앞으로 이야기가 펼쳐졌다. 장면은 다음 장면으로 이어졌고, 다시 다음 장면으로 이어졌다. 노력해서 생각한 것이 아니라 저절로 그렇게 됐다. 그 소설을 쓰면서 나는 쓰는 기쁨을 깊이 느꼈다. 내가 무엇을 쓰고 있는지는 몰랐지만 작품에 온전히 접속할 수 있었다. 나는 내 고유의 색깔을 고치거나 가리지 않고 있는 그대로 자유롭게 써나갔다. 마치 놀이를 하는 어린아이처럼 소설을 썼다. 막히는 부분이 없었고 그저 보이는 대로 쓰기만 하면 됐는데, 그런 식으로 소설을 쓴 것은 그때가 처음이자 마지막이었다.

그렇게 완성한 소설 「쇼코의 미소」를 가장 가까운 시일의 공모전에 냈지만 예심도 통과하지 못하고 떨어졌다. 너무 익숙한 결과였다. 그뒤로 소설만 붙들고 있기에는 쉽지 않은 시간이 찾아왔다. 그해 여름 고양이 마리가 갑작스럽게 고양이

별에 갔다. 나는 반년을 매일 울었다. 당시 한국어 강사로 일했는데 쉬는 시간이면 화장실에 가서 울었다. 그런 와중에 집주인이 갑자기 전세 보증금을 많이 올리는 바람에 살던 집에서 쫓겨나듯 떠나야 하는 상황이 됐다.

그 무렵 친구에게서 전화가 왔다. 친구는 어제 꿈을 꿨는데 길몽인 것 같다면서 백원을 주고 사라고 했다. 내가 죽는 꿈이었다. 친구는 마감이 가장 가까운 공모전이 언제냐고 물었다. 찾아보니 그다음날이 마감인 공모전이 하나 있었다. 나는 「쇼코의 미소」를 공모전에 그대로 제출했다. 그리고 그 일을 잊고 지냈다.

잡지사에서 연락이 온 건 이사를 하고 집을 정리하던 어느날 밤이었다. 잡지사에서는 당선 소식을 알리면서 그다음날까지 소감과 프로필 사진을 보내달라고 했다. 나는 독사진이 거의 없어서 얼마 전 찜질방에서 수건으로 터번을 만들어 머리에 두르고 찍은 사진을 보냈다. 흑백사진으로 작게 실릴 거라고 생각했는데, 나중에 잡지가 출간되어 보니 한 페이지 가득 주황색 터번을 두른 내 얼굴이 컬러로 실려 있었다. 찜질방 상호가 박힌 티셔츠를 입은 채였다. 별생각 없이 그런 사진을 보냈을 정도로 그때는 당선 소식이 현실처럼 느껴지지 않았다. 소식을 들은 그날 밤에는 완전히 각성해서 잠을 자지 못했을 정도였다.

왜 죽는 꿈은 길몽일까. 나는 그때 친구의 꿈에서 죽었다. 이십대의 마지막, 내가 놓아주고 작별해야 했던 예전의 나는 실제로 죽었는지도 모른다. 내가 다시 태어날 수 있도록, 다른 장으로 이동할 수 있도록. 십이 년이 지난 지금, 나는 이제 그 꿈을 그렇게 이해한다.

*

작가로 데뷔한 뒤에도 나는 다른 일들을 병행했다. 한국어 강사, 고등학교 방과후 교실 교사, 이공계 글쓰기 튜터, 과외 교사, 대학원 신문사 기자…… 나는 일과 일 사이에 소설을 썼다. 퇴근 후 강사실에서, 집안일을 끝내고 밥상에 앉아서. 나는 그때 소설 쓰는 일이 내 인생의 숨구멍이라는 걸 알았다. 매번 잘 써지지 않아 힘이 들긴 했지만 소설을 쓰는 시간이 좋았다. 그것만으로 다른 상황들을 버틸 수 있다고 믿었고, 실제로도 그랬다. 나는 소설을 썼기 때문에 그 시기를 견딜 수 있었다. 소설을 쓰는 게 내게는 인생을 걸 만한 일이라는 사실을 나는 이 시기에 알았다.

『쇼코의 미소』를 받아본 순간을 잊을 수는 없을 것 같다. 출판사에서 보내준 택배 상자를 열고 뽁뽁이에 감싸여 있는 내 첫 책을 봤던 순간을. 나는 싱크대에 기대앉아 책을 이리저리

살펴봤다. 책에 실린 단편 한 편 한 편을 썼던 기억이 마음속에서 생생히 되살아났다. 그 책에는 내 십대와 이십대 시절이 담겨 있었다. 삼십대 초반의 내가 썼지만 그 안에 담긴 이야기와 감정은 어리고 미성숙한 시절의 내 모습이었다.

그즈음 어떤 다정한 선배가 문자를 보내왔다. 책이 나오는 건 언제나 기쁜 일이지만, 첫 책이 나왔을 때만큼 기뻤던 적은 없었다고. 그러니 지금 이 순간을 충분히 기뻐하고 즐기라는 말이었다. 그 말이 맞았다. 책이 나오면 항상 기쁘지만, 첫 책이 나왔을 때의 감정은 그때만 느낄 수 있는 종류의 것이었다.

첫 책이 나오고 몇 년이 지났을 때였다. 소설은 물론이고 메일이나 일기를 쓰는 것조차 어려운 시기가 있었다. 다섯 줄짜리 글을 쓰는 데 사흘이 걸렸다. 언어만의 문제가 아니어서 하나뿐인 통장 계좌번호를 기억하지 못했고 단순한 숫자 계산도 힘들었다. 그때 가장 괴로웠던 건 다시는 글을 쓸 수 없을지도 모른다는 두려움이었다.

그런 시간을 보내고 있을 때 『쇼코의 미소』 영역 작업을 하던 번역가 선생님이 메일을 보내왔다. 미국의 한 레지던스에서 작가와 번역가가 팀을 이루어 참여하는 번역 프로그램을 운영하는데 거기에 지원해보고 싶다는 것이었다. 나는 당시 영미권에서 출간된 책이 한 권도 없었기에 프로그램에 뽑힐 가능성은 적었지만, 그래도 신청은 해보자고 답했다. 그리고 운이 좋게도 뽑혀서 처음으로 미국에 가게 됐다. 레지던스는 뉴욕 펜역에서 기차를 타고 한 시간 반을 간 다음 거기서 다시 차를 타고 삼십 분쯤 가야 하는 시골에 있었다.

기차 좌석은 자유석이었다. 아무데나 앉아서 불안한 마음으로 어두운 차창을 바라보고 있는데 맞은편에 앉은 사람이 말을 걸어왔다. 그녀는 내가 불안해 보인다면서 무슨 이유 때문이냐고 물었다. 나는 내가 미국에 처음 왔고, 미국 영화를 많이 봐서인지 기차에서 총을 맞을 것 같은 기분이 든다고 답했다. 그녀는 웃으면서 자기도 미국에 처음 왔을 때 그런 생각을 했다고, 자기는 아이슬란드에서 왔다고 소개했다. 그게 시작이 되어 이야기를 이어가는데 검표원이 표를 확인하러 왔다. 그는 우리 이름이 같은 표에 있다고 말했다. 알고 보니 그녀는 같은 프로그램에 참여하는 여덟 작가 중 한 사람이었다. 나는 어쩐지 마음이 풀어져서 그녀에게 내 상황을 솔직하게 털어놓았다.

"나는 일 년 동안 글을 못 썼어."

내가 글을 쓸 수 없었던 이유도 말했다. 그러고는 당장 두 달 뒤부터 장편 연재를 시작해야 하는데 단 한 줄도 쓰지 못했고 아이디어도 없다고 덧붙였다. 그녀는 내 이야기를 듣더니 미소 지으며 말했다.

"넌 장편소설을 재미있게 쓸 거야. 그걸 쓰는 동안은 그 속에서 살 거야. 그게 얼마나 즐거운 일인지 너도 쓰면서 알게 될걸."

그녀는 걱정하지 말라거나 고생스럽겠다는 식의 말은 하지 않았다. 대신 자기가 장편을 쓸 때 얼마나 좋았는지 그 경험을 전해주었다. 그전까지는 장편을 쓰는 일이 무겁게만 느껴졌는데, 그녀의 이야기를 듣자 내가 다시 시작할 수 있으리라는 믿음이 자연스럽게 피어올랐다.

레지던스는 시골의 들판 한가운데에 있었다. 11월이었는데 이른 눈이 내려서 창밖으로 눈벌판이 보였다. 그렇게 나는 새로운 장소에 도착했다. 밤이 되면 레지던스를 둘러싼 자연은 깊고 부드러운 어둠 속으로 들어갔다. 그 고요한 자연의 한가운데에서 나는 장편소설을 쓰기 시작했다. 예전에 중편소설로 쓰려다가 중단했던 원고를 찾아내 다시 써나갔다.

정해진 일과는 없었지만 아침이면 다른 작가들과 함께 공용 공간의 식탁에 모여서 글을 썼다. 그리고 하루 두 시간 정도는 번역가 선생님과 내 작품의 번역에 대해 적극적으로 의견을 나누었다. 남는 시간에는 들판을 산책했다. 지난 한 해 동안 나를 무겁게 했던 일을 그곳에서는 웃으면서 말할 수 있었다. 한동안 잃어버렸던 일상의 감각을 되찾으면서 나는 불가능해 보였던 소설쓰기의 세계로 다시 돌아왔다.

나는 『밝은 밤』을 쓰면서 작가로서, 그리고 인간으로서 소생했다. 『밝은 밤』은 급류에 휩쓸려 내려가면서 붙잡은 통나무 같은 것이었다. 나는 원고를 붙잡고 삶의 물살에 몸을 맡겼다. 그것을 붙들고 있는다면 언젠가는 뭍에 도착할 수 있을 거라고 믿을 수 있었다.

『밝은 밤』의 마지막 문장을 썼던 밤이 떠오른다. 문장에 마침표를 찍고 침대에 누워 콧물을 훌쩍거리며 나는 그전에는 한 번도 경험해보지 못한 감정을 느꼈다. 그건 어떤 두려움도 개입되지 않은 순수한 기쁨이었다. 어떤 인정을 받았을 때조차 단 한 번도 느껴보지 못한 기쁨. 그 글에 대한 보상은 글을 썼다는 것만으로도 이미 넘치게 받은 느낌이었다. 이 책이 세상에 나가 어떤 평가를 받든 하나도 두렵지 않았다. 그 글이 완벽하지 않아도, 나름의 결점이 있다고 해도 그건 중요하지 않았다. 매 순간 최선을 다해 온 마음으로 글을 썼다는 걸 내가 알았으니까. 그 순간 나는 다른 사람이 되었다.

*

십여 년 동안 허구의 이야기에 내 경험을 담아 소설을 써왔다. 그 경험이란 특정한 일이라기보다는 내가 느낀 감정을 가리킨다. 소설을 쓰면서 글에 내 경험이 반영됐다는 걸 자각하는 경우도 있었고, 그렇지 못한 경우도 많았다. 한참 뒤에야 그 글을 쓸 때의 내 마음을 이해하게 되는 경우도 있었다.

내가 쓴 「답신」이라는 중편소설은 한 자매의 이야기다. 나는 감옥 생활을 하고 나온 여성이 출소하고 오랜 시간이 흐른 후에 편지를 쓰는 장면을 떠올렸다. 그리고 그 인물의 마음을 바라봤다. 그녀는 가장 가까운 사람에게 버림받았지만 그럼에도 자신을 버린 사람을 사랑하고자 노력하는 사람이었다.

나는 소설을 구상해서 쓰지 못한다. 키보드에 손가락을 얹고 떠오르는 이미지를 따라가며 이야기를 진행해나가기 때문에 바로 뒤의 장면도 모르는 채로 쓴다. 「답신」도 그런 식으로 써내려갔는데 어느 순간 주인공이 피고인이 되어 재판정에 앉아 있었다. 나는 그녀의 몸안에서 그녀의 몸으로 재판정을 감각했다. 그녀의 눈으로 그녀가 지키고 싶었던, 가장 사랑했던 그녀의 언니가 증인석에 서서 그녀에게 불리한 위증을 하는 장면을 바라봤고, 그녀의 귀로 그 위증의 말을 들었다.

그러면서 몇 년 전, 법정에 앉아 있던 어느 날이 떠올랐다. 오랜 시간 나와 가장 가깝다고 믿었던 사람이 그날 증인석에 올라와 아무렇지 않은 얼굴로 위증을 했다. 그 모습이 생각나자 몸이 아팠다. 「답신」의 법정 장면을 쓰기 전까지는 그 기억을 애써 지우려고 했다. 기억을 대면하는 일이 고통스러웠기 때문이다. 하지만 더 깊은 곳의 나는 내가 대면하고 싶지 않았던 순간을 다시 눈앞으로 끌고 왔다.

'피하지 말고 똑바로 봐. 그리고 네가 그때 고통스러워했다는 것을 인정해.' 나는 그 장면을 쓰면서 내가 덮어버리고 피하려고 했던 한 순간을 또렷하게 마주했다. 주인공은 언니의 위증으로 감옥에 간다. 그녀는 죄를 짓지 않았는데도 벌을 받는다. 감옥에서의 불편한 생활이 차라리 마음 편하다고 생각하면서. 자신에게는 그런 처지가 더 걸맞다고 생각하면서. 그녀의 그 마음은 나도 잘 아는 종류의 것이었다.

나는 그녀에게서 나를 발견했고 내가 마주하고 싶지 않았던 순간들을 다시 대면해야만 했다. 왜 그래야 했을까. 그 소설을 쓸 즈음, 나는 가장 괴로운 시기를 가까스로 벗어난 상황이었다. 그러면서도 끊임없이 '내가 겉으로만 괜찮아진 것이 아닐까'라고 의심했다. 상처를 제대로 치료하지 않은 채 대충 덮어두고 일시적으로 회복된 것은 아닐까 하고.

「답신」을 쓰면서 나는 작가로서의 내가 인간으로서의 나를 피해갈 수 없다는 걸 알았다. 나의 기억을, 고통을 회피하는 식으로는 글쓰기가 가능하지 않았다. 「답신」의 주인공은 스스로를 파괴시키지 않고 자신의 기억을 글로 써내려간다. 자신을 배신당한 일방적인 피해자의 위치에 고정시키지도 않는다. 그녀의 모습은 그때의 내가 다다르고 싶었던 자리였는지도 모른다.

나는 눈물 없이 이 소설을 썼다. 한없이 괴로움을 느끼면서도 흔들리지 않으려고 노력하며 글을 썼다. 주인공이 하고 싶은 이야기를 충분히 할 수 있도록 공간을 마련해주는 것이 나의 일이었으니까. 이 소설이 『아주 희미한 빛으로도』에 묶여 나오고 하루는 어느 독자가 쓴 리뷰를 읽었다. 독자는 「답신」의 주인공이 무너지지 않으려고 애쓰며 혼자서 견뎌온 시간이 안타까워서 가슴이 아팠다고 썼다. 그 리뷰를 읽는데 나도 모르게 눈물이 났다. 그 독자는 나보다도 그녀를 더 잘 이해하고 있었다.

어른이 되고 가장 경계했던 건 '자기 연민'이었다. 나는 스스로를 연민하는 사람들을 보면 마음이 불편했다. 내 마음이 조금이라도 자기 연민으로 기울 때면 나 자신이 싫어졌다. 그래서 그런 마음이 없는 척했다. 상담을 처음 받으면서 가장 저항했던 건 자기 연민이었다. 내게 자기 연민은 나약함이었고 자아도취에 불과한 것이었다. 하지만 상담사는 자신에 대한 연민 또한 공감이라고 말했다. 나에게 공감해주는 것. 어떤 마음이 있다면 그것을 모른 척하거나 비난하는 것이 아니라 '이런 마음이 나에게 있구나. 그렇구나'라고 공감하는 일이라고 했다. 자기 자신에게도 최소한의 친절을 베풀 필요가 있다고.

그녀는 어떤 결과에 대해 내 탓만 할 것이 아니라, 누군가는 내 고통에 책임이 있다는 것을 이해하는 일도 필요하다고 덧붙였다. 그건 누군가를 탓하는 것과는 다른 의미였다. 상대의 잘못마저도 다 이해하고 전부 감당하려는 것도 자기 학대일 수 있었다. 내가 외면한 상처는 점점 더 깊은 곳에 박히는 녹슨 못 같다는 걸, 그리하여 겉으로는 사라진 것처럼 보이는 그 상처가 사실은 더 끈질긴 방식으로 나를 장악한다는 것도 나는 이해했다. 부정적인 감정을 애써 억압하면서 그걸 사랑이라고 억지로 주장하고 싶지 않았다. 세상 모두에게 그렇듯이 나에게도 일말의 친절이 주어져야 했다.

자신의 마음에 조금도 공감하지 않는 사람이 타인의 마음에 온전히 공감하는 일은 어려울 것이다. 나는 계속 나의 마음을 들여다보려 했다. 갑자기 다정하고 친절하게 대할 수는 없었지만 적어도 스스로를 쉽게 비난하는 습관은 멈출 수 있었다. 화날 수 있어, 슬플 수 있어, 두려울 수 있어, 그런 마음이어도 돼. 나는 이제 그렇게 생각한다.

*

왜 작가가 되었는지, 왜 글을 쓰는지에 대한 질문을 받을 때면 매번 마땅한 말을 찾지 못했다. 나도 정확히 내가 왜 글을 쓰고 작가가 되었는지 알지 못하니까. 이 일에 끌리는 근본적인 이유를 설명할 수 있는 정확한 말을 나는 아직 발견하지 못했다.

글쓰기는 때로 탐욕스럽게 느껴질 정도로 삶의 많은 부분을 요구하며 삶의 큰 구조를 필연적으로 바꿔놓는다. 작은 꿈들을 모두 자신에게 내놓고 포기하라며 속삭이고 좀더 담대하고 집요해지기를 원한다.

대니 샤피로는 이렇게 말한다.

　글을 쓰는 삶이란 용기와 인내, 끈기, 공감, 열린 마음, 그리고 거절당했을 때 대처할 수 있는 능력을 필요로 한다. 기꺼이 혼자 있겠다는 의지도 필요하다. 자신에게 상냥해야 하고, 가리개 없이 세상을 바라보아야 하고, 사람들이 보는 것을 관찰하고 버텨야 하고, 절제하는 동시에 위험을 감수해야 한다. 그리고 기꺼이 실패해야 한다. 한 번만이 아니라 자꾸만, 평생을.[*]

소설쓰기는 숙련되지 않는 작업이고 백지 앞에서 나는 언제나 초심자가 된다. 새로운 소설을 시작할 때면 예전에 어떻게 소설을 썼는지 의아해지곤 한다. 나는 그저 나의 무력함을 이해하고 인내한다. 내가 인물과 그 인물의 세계를 만들 수 없음을 받아들인다. 그들은 이미 존재하기 때문이다. 나는 다만 조

---

[*] 대니 샤피로, 『계속 쓰기: 나의 단어로』, 한유주 옮김, 마티, 2022, 12~13쪽.

심스럽게 그들에게 다가간다. 나의 상처와 인물의 상처가 맞닿을 때, 내가 인물의 작은 숨소리까지 놓치지 않을 때만 가능한 순간이 있다. 그럴 때면 나는 생각을 비우고 인물의 목소리를 받아쓴다.

그러고 나서야 내가 억누른 생각과 감정을 발견하곤 한다. 나와 무관한 사람이라고 믿었던 인물이 내가 외면했던 나였다는 사실을 알게 되기도 한다. 내게 글쓰기는 의식의 문을 두드리면서 꺼내달라고 애원하고 소리치는 무의식에게 문을 열어주는 일이었다. 내가 미워하고 수치스러워했던 나의 모습을 대면하는 일이기도 했다. 이 일에 끌린 이유를 이렇게 말할 수 있다면…… 나는 일평생 내 감정을 억압하고 회피하면서 죽어가고 있었다고. 죽고 싶지 않아서 글을 썼다고.

대니 샤피로는 시인 어너 무어의 말을 전한다.

"나는 우리가 자신의 이야기를 선택할 수 없다고 생각합니다." 그녀가 앞으로 몸을 숙이며 입을 열었다. "이야기가 우리를 선택하는 거죠." 그녀는 말을 멈추고 물을 한 모금 마셨다. 손을 떨지 않았다. "그 이야기들을 하지 않는다면, 우리는 어째서인지 약해지고 맙니다."[*]

---

[*] 같은 책, 282쪽.

나를 추동하고 나아가게 하는 내 안의 이야기, 내가 선택할
수 없는 삶의 방식, 쓰지 않으면 어째서인지 약해지고 마는 나
의 존재. 그 모든 것이 나를 다시 백지 앞에 서게 한다.

당신이 더는 나를 원하지 않는다는 기분

소설을 쓰면서 종종 '마음이 아프다'라는 표현을 사용했다. 이런 직접적인 감정 표현이 세련된 글쓰기 방식이 아니라는 것을 알면서도 그랬다.

마음이 아프면 몸이 아팠다. 말로 표현하기 어렵지만 명치와 갈비뼈 주변에 통증이 느껴졌다. 왜 발이나 등이 아니라 가슴 주위가 아픈 걸까. 그럴 때면 옛사람들이 마음이 심장에 있다고 믿었던 이유를 알 것 같았다.

실제로 뇌는 고통을 통해 부상이라는 위험에 대한 경고신호를 보낸다고 한다. 관계가 단절될 때도 뇌는 생존이 위협받고 있다는 경고신호로 고통을 느끼게 한다. 타인과의 관계에서 상처받을 때와 몸이 아플 때, 뇌의 똑같은 부위가 활성화되는 것이다.* 뼈가 부러지고 피부가 찢어져 피가 흐르지 않는다고 하더라도 사람은 다른 사람과의 관계로 인해 그보다 더 강한 내상을 입을 수 있다. 말 그대로 '아프다'.

나는 아픔만큼 개인적인 것은 없다고 생각한다. 아픔은 개개인의 가장 깊은 욕망보다도 더 개별적이고 특수한 것이다. 다른 사람들에게는 아무렇지 않을 어떤 말이나 표정 때문에 누군가는 삶을 저버리고 싶은 마음이 들기도 하는 것처럼.

김연수 작가의 말대로 "사람과 사람 사이에는 심연이 존재한다"**. 사람 사이에 심연 같은 것은 없다는 생각에서부터 폭력이 시작된다. 내가 너를 아는데 말이야, 내가 너보다 너를 더 잘 아는데 말이야…… 아픔을 느끼는 사람의 입을 틀어막고 타인의 고통마저 자신이 전유할 수 있다는 믿음은 상대의 영혼에 깊은 상처를 입히기 쉽다.

나는 관계 지향적이지만 관계 맺기에 별다른 능력이 없기도 하다. 이십대 때까지도 '내가 너를 아는데'라는 말을 쉽게 입에 올렸다. 사람을 좋아하면서도 어떻게 관계를 맺어야 하는지 몰라서 쩔쩔매기도 했다. 그때는 내가 어떤 사람인지 잘 알지 못했고, 그래서 상대와의 관계 안에서 나 자신의 가치를 정

---

* 김주환, 『내면소통─삶의 변화를 가져오는 마음근력 훈련』, 인플루엔셜, 2023, 90~91쪽 참조.

** 김연수, 『파도가 바다의 일이라면』, 문학동네, 2015, 286쪽.

하고자 했다. 곁에 아무도 없다면 나는 무가치한 사람이라고 믿었고, 그 결과 나를 해치는 사람들까지 가까이 머무르도록 허락했다.

아무리 나쁘고 괴로운 관계여도 붙잡고 싶었던 내 마음은 무엇이었을까. 마음이 떠나면 떠난 것이고 변하면 변한 것이다. 그 마음을 되돌리는 것은 내 힘으로 할 수 있는 일이 아니다. 하지만 어렸을 때는 타인과의 관계가 내 노력이나 의지와 상관없이 변할 수 있다는 사실을 받아들이지 못했다.

돌아보면 나는 타인과 깊게 친밀함을 나눈 경험이 별로 없었다. 사랑하는 마음과는 별개로 가족과도 언제나 어느 정도의 거리가 있었고 어려서부터 혼자 있는 시간이 많았다. 나는 내가 외로운 줄도 모른 채로 외로웠다. 외롭지 않은 상태가 무엇인지 몰랐기 때문이었을까. 처음으로 누군가와 친밀함을 나누게 되자 나는 영원히 그 상황이 이어지기를 바랐다. 친밀함 안에 포함돼 있던 상처와 불안 같은 것은 다 감수할 수 있다고 생각했다. 상대의 마음이 변하고 관계가 깨져버릴 것 같은 상황이 되자 견딜 수 없는 공포가 밀려왔는데 나는 그때 내가 무엇을 두려워하는지도 몰랐다.

너무 오래 외로웠던 사람은 자신에게 나쁜 영향을 주는 관계더라도 잘 벗어나지 못한다는 이야기를 들었다. 나도 그런 사람이었던 것 같다. 관계가 변하고 끝났다는 사실을 인정하고 관계 밖으로 걸어나갈 능력이 그때의 내게는 없었다. 현실을 받아들이면 받지 않아도 됐을 상처를 받았다. 누구도 아닌 나로부터, 나의 선택으로부터 말이다.

착취적인 관계에서 오래 벗어나지 못한 경우도 있었다. 장기간 이어진 그 관계 속에서 내가 망가지고 있다는 것을 의식했지만 나는 벗어나지 못하고 그 상황 안에 주저앉았다. 가까운 관계는 시간이 갈수록 서로를 끌어당기는 중력이 더 커지기 마련이다. 그 중력을 거스르기 위해서는 그보다 더 강한 힘이 필요하다. 단단한 자아, 경제적인 독립성, 주변 사람들의 지지와 응원 같은 것들 말이다. 나는 그때 어린 시절과는 다르게 여러 면에서 힘이 있었지만 벗어나지 못했다. 관계로 인한 부정적인 감정을 하루하루 소화해야 했고 내부의 연료는 점차 고갈되어갔다.

마침내 내 발로 그 관계에서 걸어나왔을 때 나는 다짐했다. 다시는 외로움에 나 자신을 속이지 않기로. 내가 그런 관계 안에서 피해자였다고 주장하는 것도, 상대를 탓하고자 하는 것도 아니다. 그것이 어떤 관계였든 나의 선택이었고 관계를 깰 자신이 없어서 눈감고 있던 건 그 누구도 아닌 나였으니까. 다만 이 글을 쓰면서 그런 나의 마음을 돌아볼 뿐이다. 그토록 취약하고 수동적이었던 모습 뒤에 숨겨진 내 두려움을.

두려움. 더 정확히 말해 버려지리라는 두려움. 당신이 나를 더는 원하지 않는다는 것을 알아챘을 때 내 가슴에 차오르던 감정. 그런 상황을 겪을 때마다 두려움은 더 커져갔다. 버림받으리라는 두려움은 오랜 시간 동안 내 의식의 뒤에만 있었다. 그 두려움을 대면한 건 작가가 되어 책을 낸 다음의 일이었다.

나는 책을 내고 꿈을 이뤘다고 생각했다. 심지어 내 글이 내가 알지 못하는 사람들의 마음에 다가가기까지 한다니 무엇을 더 바랄 수 있었을까. 감사했고 행복했다. 하지만 시간이 지날수록 마음이 편하지 않았다. 그런 마음조차도 사치스러운 것이라고 생각했기에 인정하기가 어려웠다. '일이 잘되면 감사해야지. 좋은 상황에서 왜 마음이 가라앉아?'라며 나를 비난하기에 바빴다.

돌아보면 그때처럼 일을 많이 한 적도 없었다. 마감이 지나면 다음 마감이, 다음 마감을 하면 그다음 마감이 다가왔다. 책 리뷰든 에세이든 엽편이든 연재든 단편소설이든 들어오는 청탁은 다 받아서 스케줄러를 꽉꽉 채웠다. 하루에 여덟 시간, 길면 열 시간씩 책상에 앉아서 글을 썼다. 하지만 일로써 회피하는 건 임시방편일 뿐이었고 내가 도망갈수록 두려움은 더 집요하게 나를 찾아왔다. 자주 가위에 눌렸고 아무것도 하지 않을 때면 부정적인 생각이 밀려들었다. 불편한 마음이 지속되고서야 상담을 받기 시작했다.

두려움을 대면하는 일은 쉽지 않았다. 마음이 불편한 근본적인 이유가 두려움 때문이라는 것조차도 처음에는 받아들이기 어려웠다. 나는 상담사 앞에서 염불을 외우듯이 더 잘해야 한다고 말했다. 결코 실패해서는 안 되고 지금보다 더 좋은 글을 써야 한다고. 그즈음 했던 인터뷰에서도 같은 말을 했었다. 지금보다 더 좋은 글을 써야 한다는 말을. 조금씩이라도 실력이 더 늘어야 한다는 말을.

왜 그렇게 해야 하느냐는 상담사의 질문에 나는 "그렇게 해야 하니까요"라고 대답했다. "잘해야 하니까요." 나는 타인을 실망시키고 싶지 않았다. 날 향한 기대를 만족시키고 싶었다. 그런데 그럴 수 없을 것 같아서 두려웠다. 실망시키지 않으려면 더 잘하는 수밖에 없다고 생각했다.

실망시키고 싶지 않았다는 마음을 인정하고서야 나는 그간의 내 상황을 해석할 수 있었다. 첫 책이 좋은 평가를 받았을 때 마음이 불편했던 이유, 앞으로의 작품이 기대된다는 말에 무서웠던 이유…… 나는 사람들에게 실망을 주고 싶지 않았다. 첫 책이 예상보다 좋은 평가를 받고 작가로서의 나에 대한 기대치가 올라갈수록 실망을 주고 싶지 않은 마음은 더 커질 수밖에 없었다.

'그렇다면 왜 다른 사람들을 실망시키고 싶지 않았을까.'

그 질문에 내 안의 어린아이가 말했다.

'나한테 실망하면 떠나갈 거잖아. 나를 더는 원하지 않을 거

잖아.'

'그게 왜 그렇게 무서웠어?'

나는 다시 물었다.

'버려지고 싶지 않아. 버림받고 싶지 않아. 그게 얼마나 무서운 건데. 나는 죽고 싶지 않아.' 내 안의 어린아이는 차가운 눈밭에서 떨고 있었다. 변변한 외투 하나 갖춰 입지 못하고서 오랜 시간 동안 그 추운 곳에서 소리치고 있었다.

'나는 죽고 싶지 않아.'

나는 그 어린아이를 가만히 바라봤다. 그 아이는 모두가 자신을 버릴까봐, 아무도 곁에 남아 있지 않을까봐 두려웠던 마음을 얼마나 오래 숨기고 살았던 걸까.

'모두가 떠난다고 해도 너는 혼자가 아니야. 나만은 끝까지 곁에 있을 거야. 너는 혼자 죽지 않아.'

나는 그렇게 말하고 또 말했다. '사람들은 절대 너를 떠나가지 않을 거야' '적어도 누군가는 너의 곁에 있어주겠지' 같은 말로 헛된 희망을 주고 그것에 매달리게 하고 싶지 않았다. 세상에 그런 건 없으니까.

세상에 유일한 진실이 있다면 그건 모든 것이 변한다는 사실이다. 눈 한 번 깜빡일 시간에도 이 세상의 모든 것은 변한다. 이 글을 쓰고 있는 순간순간에도 나를 이루는 모든 것은 변하고 있다. 마음은 내가 원하든 원하지 않든 변화하는 날씨 같은 것이다. 내 마음이 시시때때로 달라지듯이 타인의 마음이 변하는 것 또한 당연한 삶의 기본 조건이다. 타인과의 관계는 통제 불가능한 영역에서 계속 변화하기 마련인 것이다.

하지만 나와의 관계는 내가 조율할 수 있다. 누군가가 떠나면 내가 죽게 될 거라는 두려움은 내가 내 곁에 있어주지 않으리라는 확신이 있었기에 생겨난 것이었다. 누구보다도 나 자신이 조건적으로 나를 대했기 때문이다. 누구보다도 더 많은 조건을 달고 실패나 성공 같은 라벨을 붙이면서 차갑고 인색하게 나를 대했던 건 다름 아닌 나였다. 내가 내 곁에 언제나 있어주리라는 자신이 없었기에 타인과의 관계에서 두려움을 느꼈던 것이다.

*

내 근본적인 두려움을 인정하기 전에 나는 내가 꽤나 독립적이고 자유로운 사람인 줄 알았다. 사람들의 관심이나 애정에 연연하지 않는다고도 생각했다. 투명할 정도로 타인들의 관심을 갈구하는 사람들을 보면 불편한 마음이 들었다. 내가 그런 사람이 아니어서 다행스럽기도 했다. 내 두려움을 직면하고 나서 나는 억눌러왔던 나의 일부를 봤다. 오랜 시간 사람의 애정과 따뜻함을 갈구했던 내 모습을. 그 마음을 숨기지 않고 드러내는 사람들을 보고 불편함을 느꼈던 건, 그것이 내가 억압한 나의 그림자였기 때문이었다.

사람은 살면서 누구나 거절을 당한다. 실수를 하거나 원한 만큼의 결과를 얻지 못하기도 한다. 한편으로는 인정받기도 하고 성취하기도 하고 사람의 따뜻함을 경험하기도 한다. 나 역시 그랬다. 하지만 두려움은 거절과 실패와 상처로만 이루어진 필름을 내 기억의 스크린 위에 틀어놓곤 했다. 아주 어린 시절부터 가까운 시기에 이르기까지의 거절과 실패와 상처의 순간들을 매끄럽게 편집하여 내게 보여줬다. 심지어 아직 다가오지 않은 미래까지도 그 필름에 담긴 기억들처럼 만들어내어 상영했다. 그 필름 속의 나는 언제나 거절당하는 사람, 버려지는 사람, 실망을 주는 사람, 실패하는 사람이었다.

그래서 언젠가부터 새로운 사람을 만날 때면 자동적으로 그 사람이 결국은 나를 싫어하게 되리라고 믿었다. 그런 믿음이 있었기에 상대의 말투나 행동 하나하나에 민감해졌다. 정말로 누군가가 나를 떠나면 '이럴 줄 알았어' 하고 빠른 속도로 체념하고자 했다. 이별에 대한 제대로 된 애도조차 하지 않은 채 불편한 감정이 사라지기만을 바랐다. 그런 경험이 누적될수록 거절당하고 버려지고 실망을 주고 실패하리라는 믿음이 굳어졌다.

나는 내가 행복하기보다는 덜 상처받기를 바랐고 기쁨을 누리기보다는 그 기쁨이 사라질 순간의 고통을 피할 궁리를 했다. 타인과의 관계에 대한 기대치를 바닥까지 낮추고자 했고 언제나 덜 다치고 빠져나갈 수 있는 퇴로를 확보하려 했다. 사람들 앞에서 쉽게 경직됐고 그때그때 가면을 썼다. 진짜 내 모습은 철저히 가려야만 그나마 덜 거절당할 것 같아서였다. 타인이 싫어할 만한 말과 행동을 하지 않는 데 에너지를 썼다. 그런 노력을 해도 떠날 사람은 떠난다는 걸 알면서도.

관계의 문제를 모두 나의 문제로 치환하여 해석했던 건 자기 파괴적인 습관이기도 했지만 근본적으로 합리적이지 않은 생각이었다. 관계는 무의식의 얽힘이다. 상대의 문제였을 수도 있고, 그저 서로 잘 맞지 않았을 수도 있다.

"은영씨는 좋은 사람이에요." 언젠가 그 말을 들었을 때 나는 본능적으로 저항감을 느꼈다. 그 말을 한 사람이 보내준 마음을 있는 그대로 받아들이는 데는 용기가 필요했다. '내 모든 것을 알면 그렇게 말하지 못할 거예요. 내가 조심해서 정제된 모습만 보여줬기 때문에 그렇게 느끼는 것이겠지만……' 거기까지 생각하고 나서야 나는 '좋은 사람'이 '완벽한 사람'일 필요는 없다는 걸 깨달았다. 나는 무의식적으로 내가 '좋은 사람'이라는 평가를 받으려면 그 어떤 부족함이 없고 인간적인 결점도 없는 완벽한 상태가 되어야 한다고 규정했다. 완벽하지 않아도 좋은 사람일 수 있고 인간적인 결점 때문에 오히려 좋은 사람이 될 수도 있었다. 나는 나의 실수만으로 규정지어질 수 없었다.

『아주 희미한 빛으로도』의 작가의 말에 나는 내가 결핍이 많은 사람이라는 이야기를 썼다. 그 이후로 독자 모임에서 그것이 어떤 결핍이냐는 질문을 받곤 했다. 나는 내가 사랑과 관심을 일평생 갈구했다고 답했다. 하지만 많은 경우 상대는 냉담했기에 갈증이 채워지지 않은 상태로 사는 것이 고통스러웠다고 덧붙였다. 무엇을 더 더하고 뺄 것도 없는 진실이었지만 나는 내가 이런 말을 사람들 앞에서 하게 될 줄은 몰랐다.

내가 결핍이 많은 사람이었다는 걸 밝히면서 역설적으로 그 문제로부터 일정 부분 자유로워졌다고 느꼈다. 예전에는 그런 이야기를 할 용기가 없었다. 누군가 내 결핍을 알아챌까봐 전전긍긍했고 나를 결핍이 많은 사람으로 평가할까봐 그렇지 않은 척 애썼다. '애정 결핍인가봐' 같은 말을 듣고 싶지 않았다. 경멸당하고 싶지 않다는 마음이 컸던 것 같다. 결핍이라는 건 내가 다른 사람들과 연결될 수 없으며 사랑받을 가치가 없다는 의미로 다가왔다. 사랑받을 가치가 없다는 느낌보다 내게 더 고통스러운 건 없었다.

사람들은 결핍이 없는 사람을 좋아한다고 생각했다. '사랑받고 자란 티가 나' 같은 말이 칭찬으로 쓰이는 것을 보면서 내 결핍을 더욱더 숨기고 싶었다. 사람들이 좋아하는 사람, 사랑받는 사람으로 보이고 싶었다. 나를 바라보는 타인의 시선을 상상하면 나는 내가 부끄러웠다. 그래서 결핍을 어떻게든 가리고 그렇지 않은 척하려 했다. 그게 내 비겁함의 끝이었다.

내가 어떤 이유로 작가가 되었는지는 나조차도 잘 모른다. 다만 어려서부터 나는 글로 무언가를 표현하고 싶었다. 무엇을 표현하고 싶었는지도 모르고 글쓰기의 목적이 무엇인지도 몰랐지만 그랬다. 나는 진짜를 쓰고 싶었다. 진실하고 싶었다. 그것이 촌스러운 생각이라고 해도 상관없었다. 인간으로서는 그토록 비겁하게 살아왔을지언정 작가로서는 그러고 싶지 않았다. 내게 글쓰기는 남에게 보이고 싶은 내 모습을 꾸미기 위한 장식도, 타인의 호감을 이끌어내기 위한 도구도 아니었다.

글쓰기는 나 자신을 계속 대면하게 하여 나의 취약성을 인정하게 했다. 그리고 언어로 그 취약성을 드러내기를 원했다. 남들에게 보이고 싶은 나의 가면을 깨뜨리기를 원했다. 그건 내가 누군가의 욕망의 대상, 호감과 비호감의 대상을 넘어선 나 자신이 되어가는 과정이었다. 나는 진짜가 되고 싶었다. 그게 어떤 모습이라고 할지라도.

내가 내 취약성을 글로 썼다는 이유로 경멸당하고 조롱받고 비난받는다고 하더라도 진실을 감추고 꾸며내며 나 자신을 부끄러워하는 것보다는 훨씬 낫다고 생각하니까. 목마르고 굶주렸다는 이유만으로 조롱받아 마땅한 사람은 없다. 이 글이 버림받는 것에 대한 두려움이 어떤 고통인지 분명히 아는 사람에게 다다르기를 바라본다. 버림받으리라는 두려움과 원치 않는 결핍을 지니고서도 하루하루를 살아가는 사람에게 다다르기를.

누군가는 태어나면서부터 노력하지 않아도 손에 쥘 수 있는 사랑을 어떤 이들은 모래 속의 사금을 찾아내듯이 애써야 쥘 수 있다는 것도 알고 있다. 하지만 모래 더미 속에서도 반짝이는 무언가를 찾으려는 마음이 비루하거나 부끄럽다고 생각하지 않는다. 모래를 하나하나 헤아리는 사람들은 결코 사랑이나 따뜻한 마음, 작은 친절함을 당연하게 생각하지 않는다. 그것이 얼마나 작든, 그 순간이 얼마나 짧든 그 반짝임을 소중히 여긴다.

사랑받는 게 너무도 쉽고 당연한 일이었다면 내 삶에 나타난 존재들에게 고마운 마음을 크게 느끼지 못했을지도 모른다. 누군가가 존재한다는 사실이 깊고 깊은 위안이라는 걸, 당연한 따뜻함 같은 건 세상에 존재하지 않는다는 것도 몰랐을지 모른다.

당신이 나를 떠나가도 괜찮다고 생각한다. 언젠가 그런 날이 오더라도 나는 받아들일 것이다. 당신이 내게 준 마음과 우리가 나눈 시간에 대한 감사를 나는 버리지 않을 거니까. 당신이 내게 준 반짝이는 순간은 내게 영원히 남아 있을 테니까. 그후에도 나는 여기에 남아 여전히 나인 채로, 나를 끝까지 버리지 않는 내가 되어 살아갈 것을 안다.

긴 겨울

지난 연말2024년에 갑상선암 진단을 받았다. 해마다 해오던 초음파검사에서 이상 소견이 있었고, 세침 검사와 유전자 변형 검사를 통해 왼쪽 목의 결절이 악성이라는 사실을 알아낸 것이다. 의사의 설명을 들으면서 별로 놀라지는 않았다. 초음파검사에서부터 결절 모양이 좋지 않다는 이야기를 들어서이기도 하지만 당시 개인적인 일로 마음이 힘들어서 암 진단이 그렇게 크게 다가오지 않았던 것 같다. 한편으로는 그럴 만했다는 생각이 들어서였는지도 모르겠다.

진단 결과를 알린 의사는 수술을 받을 수 있는 대학병원 외래를 예약해줬다. 가장 빠른 예약이었지만 이 주 후였다. 갑상선암 명의가 있다는 다른 병원에도 연락해 외래 예약을 했는데 그곳은 두 달을 더 기다려야 했다. 나는 가까운 사람들에게 소식을 전했다. 예후가 좋다는 이유로 '착한 암' 같은 말로 상처 주는 경우도 있다던데 다행히 내게는 그런 일이 없었다. 오히려 무덤덤한 나에게 '갑상선암도 암이고, 당신은 아픈 것'이라고 이야기해준 친구는 있었다.

연말에는 충격적이고 가슴 아픈 일이 많았다. 계엄이 선포되던 날, 나는 군인들이 헬기를 타고 내려와 국회의사당에 진입하는 장면을 유튜브 라이브를 통해 실시간으로 봤다. 사람이 다치거나 죽을까봐 두려웠고, 몇 시간 뒤 계엄이 해제되고 나서도 잠을 이룰 수 없었다. 그후로 믿을 수 없는 뉴스가 이어졌다. 계엄에는 대규모 시설에 대한 테러와 시민들을 고문하고 사살할 계획까지 포함되어 있었다. 내전을 유도한 정황도 있었다. 계엄이 성공했다면…… 상상하고 싶지 않았지만 그런 상상에서 멀어지기가 어려웠다.

계엄이 있고 몇 주 뒤에는 제주항공 참사가 일어났다. 제주항공 정비사들이 열악한 환경에서 열세 시간, 열네 시간씩 일했다는 사실을 뉴스를 통해 접했다. 이번에도 유가족을 음해하는 사람들이 나타났다. 늦게 자면 몸에 좋지 않다고 해서 억지로 눈을 감아봤지만 잠이 잘 오지 않았다. 자기 전에 감사한 일 다섯 가지를 적는 것이 회복 탄력성에 좋다는 말을 듣고 며칠 해보았는데 참사 이후에는 그조차 할 수가 없었다.

*

연초2025년의 암병원은 이른아침부터 앉을 자리가 없을 정도
로 사람이 많았다. 원무과에 가서 접수를 하고 아빠에게 전화
했다. 병원에서 만나기로 했는데 사람이 많아 찾을 수 없어서
였다. 아빠는 아까부터 와 있었다고 말했다. 사람들 너머 손을
흔드는 아빠가 보였다.

갑상선암 접수 센터에 가서 도착을 알렸다. "17번 방 앞에서
대기하세요." "17번 방이 어디예요?"라고 물었지만 대답은 듣
지 못했다. 환자가 많아서 그런 사소한 질문에까지 답을 하기
가 어려워 보였다. 시간이 지날수록 사람들은 더 늘어났다. 아
빠와 나는 허둥지둥 17번 방을 찾아 그 앞에서 대기했다. 의사
와의 면담 시간은 길지 않았다. 의사는 수술을 하려면 아무리
빨라도 다섯 달은 기다려야 한다고 말했다. 그러고는 밖으로
나가면 수술을 설명해줄 간호사가 있을 거라고 했다. "23번
방 앞에서 대기하세요." 그래서 나는 그렇게 했다.

23번 방에서 만난 간호사는 자신을 수술 코디네이터라고
소개했다. 가장 빠른 수술은 여섯 달 뒤였다. 입원 기간은 최
소 4박 5일이라고 했다. 수술 날짜를 잡은 뒤 수술 코디네이터
는 수술과 입원에 관해 빠르게 말했다. 나는 내가 혹시 놓치는
부분이 있을지 염려하면서 설명을 들었다. 갑상선암 수술 방

법으로는 목 절개, 겨드랑이 절개, 로봇 수술이 있다는 설명이 이어졌다. "이걸 지금 결정해야 하는 거예요?" 내 질문에 수술 코디네이터는 그런 건 아니라고 답했다.

"오늘 시간 있어요?" 수술 코디네이터가 물었다. 시간이 있으면 경부와 흉부 CT를 찍고 가라는 말이었다. 혹시 전이된 부분이 있는지 확인하는 과정이라고 했다. 다행히 여유 시간이 있었다.

수술 코디네이터는 검진 안내서를 뽑아서 내 이동 순서를 사인펜으로 체크했다. 우선 채혈실에 가서 채혈하고, 영상의학과에 가서 도착을 알리고 대기하다가 경부 및 흉부 CT와 목 엑스레이를 찍으라는 말이었다. 너무 많은 정보를 짧은 시간 안에 들어서 제대로 이해한 게 맞는지 확신할 수가 없었다.

대기하고 있던 아빠에게 그날의 할일이 적힌 검진 안내서를 보여줬다. 아빠는 그걸 보면서 "노인들은 보호자 없이는 이거 하나도 이해 못하겠다"고 말했다. 나도 같은 생각이었다. 절차는 복잡하고 설명은 빨랐다. 우리는 인파를 뚫고 채혈실로 갔다. 채혈을 마치고 영상의학과에 가니 적어도 두 시간 뒤에야 대기자 명단에 올릴 수 있다는 말이 돌아왔다. 우리는 암환자용 휴게실로 갔다. 휴게실은 다른 병동으로 이어지는 병원 통로에 마련되어 있었다. 일인용 소파들이 유리창을 향해 놓여 있었다. 우리는 소파에 나란히 앉아서 바깥을 바라봤다.

창밖으로 병원 본관과 주차장 출구가 보였다. 새해 들어 가장 추운 날이었다. 강풍이 불었는데 날이 맑아서 햇빛이 휴게실을 환하게 비추었다. 영상의학과의 연락을 기다리는 동안 그곳에 앉은 채 아빠와 긴 이야기를 나눴다. 대화할수록 내가 그간 아빠를 오해해왔다는 생각이 들었다. 오랜 시간 아빠와 제대로 대화를 나누지 않았다. 그러다보니 아빠가 어떤 사람인지 잘 알 수 없었고 예전 경험을 바탕으로 아빠는 이러이러한 사람일 거라고 지레짐작했다.

나는 여러모로 아빠를 닮았고 그런 경우 대개 그렇듯이 오히려 서로 견디기 어려운 부분이 많았다. 아빠는 자식에게 하면 안 되는 말을 하기도 했고 칭찬과 인정에 인색했으며 누구보다도 날카롭게 나를 비판하곤 했다. 부모의 지지가 절실히 필요했을 때조차도 나를 적극적으로 돕지 않았다. 그런 시간이 쌓이다보니 아빠와의 교류가 나에게 분명한 상처가 되리라고 확신하며 살았던 것 같다.

아빠는 1955년생으로 남중, 남고, 남자가 많은 대학을 나왔고 ROTC 장교 생활을 했다. 이후 사립 남자고등학교에서 오래 일했다. 공립 교사로 전환하기 전까지 동료의 대부분이 남성이었다. 대학에서 여성주의를 자연스럽게 흡수한 나에게 아빠의 말과 행동은 받아들이기 쉽지 않았다. 아빠 또한 나를 이해하기 어려웠을 것이다.

하지만 아빠에게는 의외의 면이 있기도 했다. 이십대 시절, 아빠는 나를 '고삐 풀려 날뛰는 망아지' 같다고 표현하곤 했다. 아빠를 속이고 혼자서 유럽 배낭여행을 갔을 때였다. 여행지에서 집에 전화를 하자 아빠는 헛웃음을 지으며 이렇게 말했다. 기왕 간 거 해볼 수 있는 건 다 해보고 볼 수 있는 건 다 보고 오라고. 분명히 화를 내며 당장 돌아오라고 할 줄 알았는데.

나는 이십대에 부모님의 집에서 독립했다. 내가 아빠를 가까이에서 본 건 그러니까 그때가 마지막이었다. 내가 이십대고 아빠가 오십대였을 때. 둘 다 젊었을 때였다. 그때의 나는 삶이란 이어지고 또 이어지는 무한한 것이라고 생각했다. 시간은 한도가 없고 비용도 청구하지 않는 신용카드 같은 것이었다. 그때의 나의 미래에는 미워해야 할 젊은 아빠가 영원히 존재했다. 그 점에 대해서 의심하지 않았다.

암환자용 휴게실에 칠십대의 아빠와 사십대의 내가 앉아 있었다. 이제 내게 아빠는 미워해야 할 젊은 아빠가 아니었고 아빠에게 나는 고삐 풀려 날뛰는 망아지가 아니었다. 우리의 눈앞에는 삶의 유한함과 거스를 수 없는 시간의 흐름이 존재했다. 어린아이들이 한 해 한 해가 다르게 자라나듯이, 일흔이 지난 아빠 또한 매해 달라질 것을 나는 알았다. 아빠는 노인이 되어가고 있었다.

나는 추위를 많이 타는 편이어서 그날도 털신을 신고 발열

내복 위에 두꺼운 니트와 롱 패딩을 입었다. 반면 아빠는 경량 숏 패딩에 야구 모자 차림이었다. "이렇게 입고도 안 추워?" 하고 물으니 아빠는 하나도 안 춥다고 했다. "머리를 따뜻하게 해야지." 내 말에 아빠는 야구 모자로도 충분하다고 답했다.

나이가 들면서 놀라는 점은 껍데기만 늙어간다는 사실이다. 마음은 어릴 때와 다를 바가 없는데 거울 속에는 나이든 사람이 보인다. 아빠도 그렇겠지. 또래에 비해 체력이 좋고 운동 능력도 좋은 사람이니 더 그럴 것이다. 하지만 마음이 어떻든 물리적인 나이를 무시할 수는 없다. 언젠가부터 아빠의 건강이 염려되기 시작했다. 내가 그렇듯이 아빠 또한 예민하고 스트레스를 잘 받는 성격이라는 것을 알아서였다. 스트레스를 받을 일이 없으면 좋겠지만 안타깝게도 아빠에게도 어려움이 있었다.

할아버지가 일흔셋의 연세에 돌아가셨다는 사실도 내 걱정에 한몫했다. 할아버지는 내가 수능을 보기 두 달 전에 갑작스럽게 돌아가셨다. 당뇨병 합병증에 따른 심장마비가 원인이었다. 할아버지는 그 누구보다도 젊게 사셨다. 네 분의 조부모 중에서 가장 활력이 있었다. 나는 할아버지가 돌아가시기 직전까지도 할아버지를 노인이라고 느껴본 적이 없었다.

아직도 할아버지의 허스키한 목소리가 생각난다. 할아버지는 작은 도시에서 살며 택시 운전 일을 했다. 팔뚝에는 '一心'

이라는 초록빛 문신이 새겨져 있었고 이목구비가 뚜렷한 호남형이었다. 머리칼을 진한 까만색으로 염색하곤 했고 작은 소파에 앉아서 일기를 쓰는 습관이 있었다. 기본적으로 흥이 많은 분이었다. 어느 유원지의 무대에 올라서 마이크를 잡고 모르는 사람들 앞에서 노래를 부르기도 했다.

장례식장에 도착하니 어른들은 이미 오래전부터 울고 있었는지 눈과 얼굴이 붉었다. 아빠도 울고 있었는데 그 모습이 내게는 낯설게 다가왔다. 아빠와 할아버지가 그렇게 친하다고는 생각하지 않았기 때문이다. 어떤 사랑은 눈에 잘 보이지 않는다는 걸 그때의 나는 몰랐던 것 같다. 더구나 할아버지가 너무 갑작스럽게 돌아가셔서 아빠는 할아버지에게 작별인사를 할 시간도 없었다. 아주 짧게라도 마지막 인사를 나눈 이별과 그럴 기회조차 없었던 이별은 전혀 다르다는 걸 그때의 나는 잘 알지 못했다. 사랑하는 존재와 작별인사조차 하지 못하고 영영 헤어진다는 건 한 사람으로서 겪을 수 있는 가장 가혹한 일이라는 것도.

그리고 시간이 흘러 이제는 아빠가 할아버지가 돌아가셨던 나이에 다다르고 있었다. 암 병동에 환자로 앉아 있는 사람이 나여서 다행이라는 생각이 들었다. 그게 얼마나 이기적인 생각인지 알면서도 그랬다.

*

휴게실에서 세 시간을 대기했을 무렵 영상의학과에서 전화가 왔다. 간호사가 조영제 투여용 주삿바늘을 팔에 찔렀다. 뻐근하고 아팠다. "바늘을 잘못 넣었어요. 죄송해요." 간호사는 어쩔 줄 모르는 표정으로 나를 바라봤다. 다행히 두번째 시도에서는 바늘이 잘 들어갔다. 대기실에 돌아와 그 일을 말하니 아빠가 오래전 자신이 입원했을 때 이야기를 꺼냈다.

그때 일은 내게도 몇 개의 장면으로 남아 있다. 첫 장면은 까만 가죽점퍼를 입고 집으로 들어온 아빠가 갑자기 앞으로 쓰러지는 모습이다. 하지만 그 이후의 일은 잘 기억나지 않는다. 아빠와 엄마는 오래도록 집에 돌아오지 않았다. 어른들은 내게 아빠가 어떤 이유로 아픈 것인지 설명해주지 않았다. 나중에야 알았지만 아빠가 처음부터 위중했던 것은 아니었다. 입원한 병원에서 의료사고가 일어나 심각한 상황으로 진행되었던 것이다.

어느 날에는 엄마가 반차를 내고 낮에 집에 와서 링거를 맞기도 했다. 그즈음 엄마는 병원에서 지내며 출퇴근하는 생활을 몇 달간 지속하고 있었다. 링거를 맞으며 자는 엄마의 모습이 무척 지쳐 보였다. 나는 깨어난 엄마가 할머니와 하는 대화를 주워들었다. 아빠의 상황이 점점 더 안 좋아지고 있다는 이야기, 아빠가 살이 너무 많이 빠졌고 기운이 없다는 이야기, 화장실에 가려다가 쓰러져서 폴대에 달려 있던 링거병이 바닥에 떨어져 깨졌고 피가 링거 줄로 역류했다는 이야기, 팔과 손에 수없이 바늘을 찔러대는 바람에 발에서 혈관을 찾아야 한다는 이야기, 이제 곧 죽을 것 같다는 이야기……

여덟 살이던 내가 어떤 감정을 느꼈는지는 잘 떠오르지 않는다. 그때의 나를 떠올리면 마치 제삼자의 모습을 보는 것만 같다. 나는 학교가 끝나면 실내화 주머니를 들고서 최대한 길을 돌고 돌아 집으로 돌아갔다. 혼자가 된 기분은 기억난다. 당시에는 학생 수가 많아서 오전반 오후반으로 나눠서 수업을 했다. 오후반일 때는 학교 뒤뜰에서 수업을 기다려야 했는데 같은 반 애들은 몸으로 하는 게임을 했다. 나는 그런 애들을 지켜보는 입장이었다. 그애들 사이에 껴서 놀고 싶다는 생각도 없었다. 나는 나와는 무관한 세계를 바라보듯 그애들을 바라봤다. 내가 애초에 그 세계에 허락되지 않았다는 걸 그때의 나는 잘 알고 있었다.

아빠는 다른 병원으로 옮긴 후에야 소생했다. 그 소식을 들었을 때의 기분 역시 잘 기억나지 않는다. 다만 그 시점이 되어서야 나는 아빠에게 문병을 갈 수 있었다. "어린애들은 열 살이 지나야지 큰 병원에 갈 수 있어. 그래서 네가 지금까지 못 온 거야." 나를 병원에 데려간 어른이 말했다. 나는 여덟 살이었고, 그래서 어쩐지 규칙을 깨뜨리는 것 같다는 생각을 하며 병실에 갔다. 아빠의 병상은 창가에 있었는데 마치 처음 보는 사람처럼 아빠가 낯설었다. 마르고 아파 보이는 아빠의 얼굴에는 반가움과 어색함이 섞인 미소가 어려 있었다. 나는 그런 아빠가 어렵고 서먹했다.

아빠가 아프기 전까지 우리는 꽤 친한 사이였던 것 같다. 아빠와의 사이에서 첫 균열이 있었다면 아빠의 투병 시기였다는 생각이 든다. 아빠가 퇴원한 이후에도 나는 아빠를 어떻게 대해야 하는지 몰라서 쭈뼛댔다. 그즈음 동물원에 나들이 간 사진을 보면 마른 아빠 앞에서 굳은 얼굴로 서 있는 내 모습이 보인다.

나는 한동안 대기실에서 기다리다가 CT 촬영을 했다. 검사용 침대에 눕자 도넛같이 생긴 동그란 기계 안으로 몸이 서서히 들어갔다. 촬영이 시작되고 기계 돌아가는 소리가 들렸다. 조영제가 혈관을 타고 들어오자 몸이 조금 뜨거워졌다. 나는 침대에 누운 채 기계가 말하는 대로 했다. 숨을 들이마시세요. 숨을 참으세요. 숨을 내쉬세요. 경부 검사가 끝나고 흉부 검사를 할 때는 팔을 만세 자세로 들어올렸다. 숨을 들이마시고, 숨을 참고, 숨을 내쉬고. 그렇게 몇 번 하자 검사가 끝났다. 이 검사를 통해 의사는 내 경부와 흉부의 단면을 확인할 수 있을 거였다. 나는 간호사의 조언대로 조영제가 몸에서 가능한 한 빠르게 빠져나갈 수 있도록 물을 많이 마셨다.

CT를 다 찍고 나서는 엑스레이실로 이동했다. 갑상선 수술은 목을 뒤로 젖히고 받아야 하는데, 경추 추간판 탈출 병력이 있으면 잘못하다가 목의 신경이 눌릴 수 있기 때문에 미리 체크해야 했다.

나는 스물여덟에 목 디스크로 고생을 한 적이 있었다. 스스로 몸을 일으킬 수 없었고 머리는 오른쪽으로 기운 상태였다. 오른쪽 팔도 제대로 들 수가 없었다. 몸이 차가워지면서 동시에 식은땀이 나곤 했다. 발병한 이후 두 달 동안 매일 물리치료를 받고 진통제를 먹고 나서야 머리가 원래의 위치로 돌아오고 혼자 눕고 일어날 수 있게 되었다. 하지만 대학원 학기가 시작되고 책상 생활이 이어지자 허무하게도 병이 재발했다. 다시 병원을 두 달 넘게 다녔고 그 이후로는 심각한 재발을 막기 위해서 운동을 시작했다.

목 디스크 병력이 없는 사람에게 그 괴로움을 언어로 전하는 건 어려운 일이다. 나는 어려서 위경련을 자주 앓았는데 심할 때는 허리를 펴지 못할 정도였다. 그런 위경련도 목 디스크의 통증에는 견줄 수 없었다. 증세가 악화될 때는 순전히 신체적 고통 때문에 울었다. 가장 가까운 사람조차도 내 고통을 모른다는 그 당연한 사실에 쉽사리 외로워졌다. 내가 갑상선암 수술을 받는다는 소식을 들은 친구가 말했다. "언니, 아픈 건 외로운 거예요. 완전히 혼자가 되는 거예요. 자기가 아픈 건 자기밖에 몰라."

아프면 사람의 마음은 외로움으로 기울기 마련이다. 아플 때면 어쩔 수 없이 아픈 부분을 의식하게 된다. 만성적인 위경련을 겪는 사람은 위를 의식하며 살 수밖에 없다. 무릎이 아픈 사람은 무릎을, 마음이 아픈 사람은 마음을 의식한다. 아프지 않은 사람은 무릎이나 마음 같은 것이 존재한다는 사실을 매 순간 의식하지 않고 살아갈 수 있는데도.

나는 여러 각도에서 경추 엑스레이를 찍었다. 목을 구부려서도 찍고 뒤로 젖혀서도 찍었다. 그렇게 마지막 검사를 받고 나오니 대기실에서 나를 기다리는 아빠가 보였다. 아빠는 내 두꺼운 외투와 가방을 들고 있었다. 내가 운전할 수 있다고 하는데도 아빠는 자기가 운전하겠다고 고집했다. 집 근처에서 같이 순두부를 먹고 아빠는 나를 집까지 데려다줬다. 그러고는 그 가벼운 차림새로 지하철을 타러 걸어갔다.

부모님의 집은 우리집에서 대중교통으로 가기 복잡하고 꽤 멀다. 내가 택시를 잡아주겠다고 하자 아빠는 십 년 동안 택시를 탄 적이 두 번밖에 없다고 말했다. "택시는 돈 낭비다." 고집을 꺾을 수 없다는 걸 알았지만 그래도 이제는 아빠가 자기를 위해 돈을 쓰기도 하고 자식의 호의를 받을 줄도 알면 좋겠다는 생각을 했다.

집에 도착해서는 기절하듯이 잠이 들었다. 눈을 떠보니 해가 져 있었다. 암 병동에 다녀온 일이 꿈처럼 느껴졌다. 언젠가, 언젠가…… 미래가 환상에 불과하다는 것을 알면서도 '언젠가……' 하고 상상하는 건 나의 본능이었다. 나는 침대에 우두커니 앉아서 언젠가 부모님이 나를 떠난다면 나는 어떤 사람으로 살아가게 될지 그려봤다. 내 책이 나오거나 내게 기쁜 소식이 생기더라도 부모님처럼 기뻐해줄 사람은 세상에 없겠지. 수술을 받게 되더라도 나의 법적인 보호자가 되어줄 사람은 동생밖에 없다.

나는 암 병동에 홀로 와서 직원들에게 길을 묻던 노인들의 모습을 떠올렸다. 특별한 일이 없으면 나는 앞으로도 혼자 살아갈 것이다. 그걸 당연하게 여기면서도 지금보다 인지력과 신체 기능이 떨어진 내가 스스로를 어떻게 책임질 수 있을지 막막하기도 했다. '혼자서도 잘할 수 있어.' 지금껏 그 말을 되뇌며 앞으로 나아갔었다. 어떤 일이든 독립적으로 해결할 수 있다고 자부했다.

하지만 힘에 부치는 일이 생길 때면, 내가 건강하게 독립적인 것이 아니라 단지 다른 사람들의 도움을 구할 용기가 없고 누군가에게 기댈 능력이 없다는 사실을 인정하게 됐다. 무리해서라도 혼자서 이 인분, 삼 인분의 역할을 하는 쪽이 다른 사람에게 도와달라고 말하는 것보다 쉬웠다.

부모님에게서 독립한 건 오래된 일이다. 부모님은 내가 의지할 대상이 아니었고 부모님과 나 사이에 단단한 정서적 기반이 있던 것도 아니었다. 그런데도 마음 깊은 곳에서는 여전히 부모님의 자리가 크다는 걸 느꼈다. 마음 깊은 곳에서 나는 그들을 포기할 수가 없었다. 이것이 나의 나약함이라는 걸 나도 잘 알고 있다.

*

병원에 다녀오고 이틀 뒤, 백골단이 국회에서 기자회견을 했다. 어느 국회의원이 마련한 자리였다. 국회의원 뒤로 백골단의 상징인 흰 헬멧을 쓴 사람들이 서 있었다. 그들이 마이크를 잡고 발언했다. 핸드폰 화면으로 그 장면을 보며 나는 군인들이 국회의사당 유리창을 깨고 진입하는 장면을 목격했을 때만큼의 충격을 느꼈다. 그 일이 있고 얼마 지나지 않아서 오래 알고 지낸 수사님을 만났다. 수사님이 내게 말했다. "수십 년 동안 숨어 있던 게 밖으로 나왔어요. 백골단이라니. 그때 백골단에게 안 맞아본 사람은 없겠지만 나도 많이 맞았어요." 그 이야기를 하는 수사님의 얼굴에 설명하기 어려운 감정이 비쳤다.

백골단을 직접 겪어보지 못한 나 또한 백골단의 기자회견을 보고 모멸감과 분노를 느꼈다. 그런 폭력 집단이 국회에 들어왔다는 사실, 그들에게 공적인 발언 기회가 주어졌다는 사실, 그것이 국회의원의 주도로 이루어졌다는 사실…… 하지만 그날 수사님의 얼굴을 보면서 나는 일련의 일들이 누군가에게는 단지 분노만이 아니라 슬픔이나 서글픔, 공포로 경험될 수 있다는 걸 깨달았다. 백골단이나 계엄령이라는 단어를 머리가 아니라 몸으로 느끼는 사람들을 떠올렸다.

"고작 두 시간짜리 계엄이었다." "해프닝이었다." 그런 말을 하는 사람들은 계엄령 아래에서 가족을 잃고 고문당하고 폭행당한 피해자들이 '여전히' 이 사회에서 살아가고 있다는 사실을 모르는 걸까. 계엄이 선포된 순간, 국가 폭력의 트라우마를 지닌 피해자들이 경험해야 했을 공포를 나는 상상할 수 없다.

백골단의 회견이 있고 다음날, 삼십여 년 전 백골단의 폭행에 의해 숨진 강경대씨의 유족이 기자회견을 했다.[*] 강경대씨의 아버지인 강민조 전국민족민주유가족협의회 회장은 "삼십사 년이라는 세월을 우리 가족은 경대를 잃고 그 고통과 슬픔 속에서 살아왔다"며 백골단의 등장이 자신의 아들이 사망한 "1991년 4월 26일 그 모습을 보는 것과 같았다"고 말했다. 그는 "우리가 힘을 합쳐서 좋은 세상, 다시는 나 같은 부모가

---

[*] 「'백골단 피해' 유족, 김민전 맹비난 "자기만을 위해 국회 들어왔음을 확인시켜"」, 세계일보, 2025. 1. 10.

이 땅에 없도록 국민 여러분이 힘을 합쳐주시기를 부탁한다"고 당부했다. 당시 명지대학교 1학년이었던 강경대씨는 학원 자주화와 군사독재정권 타도를 위한 시위에 참여했다가 서울 시경 4기동대 소속 전경들에게 쇠파이프로 집단 구타를 당해 사망했다.

강경대씨 유족의 기자회견 며칠 후에 서부지방법원 폭동 사태가 발생했다. 침입자들은 경찰을 집단적으로 폭행했고 법원 건물의 유리창을 깨뜨려 내부로 진입했다. 그중 일부는 판사 집무실이 있는 층까지 올라가서 위협을 가했다. 방화를 시도하기도 했다. 어디까지 더 나빠질 수 있는 걸까. 일부 광신적 지지자들의 소행일 뿐, 너무 걱정하지 말라는 조언을 들었지만 거대한 폭력의 출발점에는 언제나 '일부'가 있었다는 생각이 지워지지 않았다.

유독 이번 겨울이 길고 춥게 느껴졌다. CT 검사를 한 지 이 주가 지났는데도 검사 결과를 듣지 못했다. 병원에 전화해서 물어보니 의사들이 대거 사직하면서 발생한 의료 대란 사태로 인해 한 달은 넘게 기다려야 결과를 알 수 있다고 했다. 내 이야기를 들은 한 친구가 CT 결과가 그렇게 늦게 나오는 경우는 들어본 적이 없다면서 병원은 적어도 세 군데는 가봐야 하는 거라고, 다른 병원의 외래도 꼭 잡으라고 했다.

처음 암 진단을 받았을 때부터 여러 병원을 가봐야 한다는 이야기를 들었었다. 하지만 그럴 의욕도, 자신도 없었다. 그러다 CT 결과조차 금방 알 수 없는 상황이 되어서야 가만있어서는 안 된다는 생각이 들었다. 나는 집에서 가까운 3차 병원의 외래를 예약했다.

그러는 사이 첫번째 병원에서 검사한 흉부 CT 결과가 나왔다. 검사한 지 한 달이 지나서였다. 다행히 흉부 전이는 없었다. 하지만 여전히 경부 검사 결과는 나오지 않아서 마음이 무거웠다. 첫번째 병원에 가서 영상 자료와 진단서를 발급받아 두번째 병원으로 갔다.

두번째 병원은 첫번째 병원보다 여유가 있어서 의사와 대화다운 대화를 나눌 수 있었다. 의사는 내 경부 CT 자료를 보면서 임파선이 많이 부어 있다고 말했다. 아직 검사 결과가 나오지 않은 상황에서 그런 이야기를 들으니 위축되고 겁이 났다. "수술을 받으면 갑상선의 사십 퍼센트를 잃게 돼요. 앞으로 노인이 될 때까지 매일 약을 먹어야 합니다." 이미 알고 있는 내용이었지만 의사의 입으로 그 사실을 들으니 어쩔 수 없이 마음이 가라앉았다.

운전해서 병원을 나오는데 갑작스럽게 큰 눈이 내렸다. 눈은 아름다웠다. 그런데도 그 아름다움이 기쁨으로 다가오지 않았다. 그 사실을 의식하자 조금 서글퍼졌다. 어려서는 눈이 내리면 마음이 기쁨과 즐거움으로 가득찼다. 세상이 온통 흰

빛이 된 것도 놀라웠고 발자국이 없는 눈 위를 뽀득뽀득 소리를 내며 걷는 것도 좋았다. 사람들의 발길이 닿아 반들반들해진 눈길 위를 미끄러질 듯 부드럽게 다니는 것도 즐거웠다. 눈이 내리면 사방이 조용해지는 듯한 고요한 분위기가 좋았고 공기도 어쩐지 더 깨끗하게 느껴졌다.

돌아보면 이십대 초반까지도 그런 기억이 있었다. 대학에서 교지 편집부 일을 할 때였다. 새벽까지 회의를 하던 어느 날, 폭설이 내리기 시작했다. 회의를 마치고 친구들과 웃으며 눈이 쌓인 광장을 걸었다. 3월의 마지막날에 눈이라니 깜짝 선물을 받은 것 같았다. 요즘의 내게는 없는 감정이었다. 삶의 순간순간에 심드렁해진 게 나이 때문만은 아닐 것이다. 작은 일에 즐거움을 느끼고 감동할 수 있는 능력은 나이와는 무관하니까. 다만 그 능력을 내가 제대로 돌보지 못했을 뿐이다.

기쁨이나 감동을 느끼는 일이 줄어들었다는 걸 자각한 지도 꽤 됐다. 그에 더해 언젠가부터는 무언가에 끌리는 마음을 경계하게 됐다. 인터넷에서 우연히 귀여운 고양이가 나오는 동영상을 보면 계속 따라 보지 않으려고 노력하는 식이다. 정이 들어서는 안 된다는 생각 때문이었다. 그렇게 마음의 문을 닫는 방식으로, 나는 나를 방어하려고 애썼다.

내가 다녔던 고등학교는 정문에서 학교 건물로 이어지는 길에 벚나무들이 줄을 지어 서 있었다. 봄이 되면 분홍색 꽃망울이 터졌고 그걸 시작으로 꽃은 하루하루 더 흰빛으로 풍성하게 피어났다. 꽃이 질 때면 연분홍 꽃잎이 바람에 날렸다. 교실에 앉아 매일 창문으로 바깥을 바라보다보니 그 나무들에게 정이 들었다. 어느 날, 공사를 한다는 이유로 사람들 몇이 와서 나무들을 베었다. 베어진 나무들은 트럭 뒤칸에 실렸다. 그 장면이 얼마나 잔인하게 느껴졌는지 벚꽃이 피는 계절이 오면 여전히 그 모습이 연상될 정도였다.

예상치 못한 순간마다 놀라고 슬퍼하면서 배워나갔던 것 같다. 마음을 주지 말자, 감동하지 말자, 좋아하지 말자. 친구들은 작은 일에도 일희일비하고 크게 영향받는 나를 염려하며 조언했다. "은영아, 네가 조금만 무던해져도 삶이 덜 힘들 거야." 나는 그 말을 마음에 새겼다. 내가 무던해지기를, 덜 놀라고 덜 상처받기를, 덜 느끼고 덜 영향받기를 소망했다. 그 바람 덕분일까. 이제는 예전처럼 쉽게 감정에 휘둘리지 않는다. 하지만 그 사실이 마냥 기쁘지만은 않다. 그건 내가 예전보다 덜 우는 만큼 덜 웃고, 덜 놀라는 만큼 덜 감동하고, 덜 상처받는 만큼 덜 기뻐하는 사람이 되었다는 뜻이기 때문이다.

몇 년 전 읽은 그림책의 작가의 말에는 이런 구절이 나온다.

이 책의 아이디어는 갓 태어난 내 조카를 보았을 때 떠올랐습니다. 그애는 미라처럼 천에 돌돌 싸여서 침대에 누운 채

빛나는 눈으로 세상을 보고 있었지요. (……)

그 순간 밖에서 자동차 한 대가 지나갔습니다.

아기는 머리를 움직여 그 시끄러운 소리를 따라가려고 애썼습니다. 그게 자기에게는 아무 의미가 없는 소리라는 걸 아직 모르는 거였지요.

몇 주 지난 뒤 다시 만난 조카는, 벌써 자동차 소리에는 반응을 보이지 않았습니다. 어떤 자극에 놀라고, 그게 뭔지 평가하고, 받아들일지 말지 분류하는 일이 되풀이되는 동안 그 자극에 휘둘리지 않는 법을 배운 거지요. 그렇게 해서 우리는 언젠가는 예쁜 돌멩이가 보일 때마다 멈춰 서거나 웅덩이를 만날 때마다 뛰어넘거나 하지 않고 여기에서 저기까지 곧장 갈 수 있게 됩니다. 그리고 언젠가 어른이 되면 세상일에 너무 익숙해져서, 큰 산이라든지 보름달이라든지 다른 사람의 사랑 같은 걸 당연히 여기게 됩니다. 그런 것들의 위대함을 다시 볼 수 있으려면 우리는 새로운 눈으로 보는 법을 배워야 합니다.*

새로운 눈으로 보는 법을 어떻게 배울 수 있을까. 나이가 들면서 너그러워지고 마음이 넓어지는 건 소수의 사람에게만 가

---

* 하이케 팔러 글, 발레리오 비달리 그림, 『100 인생 그림책』, 김서정 옮김, 사계절, 2019.

능한 일 같다. 고집스럽고 강퍅한 노인이 되는 편이 그보다 훨씬 더 쉽다. 경험치가 쌓이면서 자신의 의견만 고집하기 쉽고 나약해질수록 자존심을 놓기 더 어려워지는 법이니까. 이야기를 듣는 자리에서 이야기를 하는 자리로 옮겨가면서 듣는 능력을 잃어버리기도 쉽다. 고집과 자존심이 세고 경직된 사람, 웃음에 인색하고 쉽게 불평불만을 터뜨리는 사람, 어떤 일에서도 기쁨을 찾지 못하는 사람…… 어려서 나는 내가 그런 사람이 될 거라고는 상상하지 못했다. 하지만 이제 나는 내가 어느 정도는 그런 사람이며 더 안 좋아질 수도 있다고 생각한다.

어려서는 늘 인상을 쓰고 있거나 작은 일에도 화를 내는 어른을 보면서 그건 그 사람 개인의 문제라는 생각을 했다. 하지만 그것뿐일까. 살면서 받은 상처와 그 상처에 대한 반응이 사람을 변하게도 한다는 걸 이제는 안다. 사람은 단지 타고난 인간성이나 스스로의 노력만으로 유연하고 성숙한 어른이 되는 것은 아니다. 삶의 태도나 성격 또한 많은 부분 운과 우연으로 결정된다. 타고난 성향, 부모, 성장환경, 거기에 더해 숱한 운과 우연이 인생을 직조한다.

십 년 전에 돌아가신 할머니는 내게 상처가 되는 말과 행동을 하기도 했고 손주들을 차별하기도 했다. 가슴에 손을 얹고 돌아보면 나는 할머니를 마음 깊이 좋아한 적이 없었다. 그리고 할머니 또한 나를 그렇게 여겼다는 것도 알았다. 아빠의 엄마가 나를 좋아하지 않고 때때로 적의를 숨기지 않았다는 것은 상처를 넘어서 내가 나를 부끄럽게 느끼도록 했다. 나는 이런 수치스러운 마음을 부모님에게도 말할 수가 없었다. 할머니를 마지막으로 만났던 날에 나는 마음이 부서져서 아이처럼 울었다. 알츠하이머를 앓던 할머니가 나에 대한 생각을 거짓없이 그대로 말해서였다.

하지만 할머니는 길고양이들을 거두어 먹이기도 했다. 자신의 하숙생들을 따뜻하게 대했고, 나물 하나를 사더라도 길에 좌판을 깔고 파는 나이드신 분들의 것을 사려고 했다. 아프기 전까지 일을 쉬지 않았을 만큼 근면했고 최선을 다해 네 자녀를 키웠다. 남는 시간에는 책을 가까이했다.

할머니가 만약 더 좋은 환경에서 자랐다면, 더 좋은 사람을 만나고 더 많은 사랑을 받으며 살았다면 완전히 다른 사람이 되었을 거라고 생각한다. 할머니는 너무 운이 없었다. 예민하고 섬세한 기질을 지니고 태어났는데 어려서부터 거칠고 힘든 일을 많이 겪었다. 호흡기가 약해서 오래 이어진 기침을 제대로 치료받지 못해 한쪽 귀의 청력을 잃었다. 보청기의 성능이 좋지 않았던 때라 일평생 신경을 자극하는 보청기 소음과 함께 살아야 했다.

나는 친엄마가 돌아가시고 혼자 덩그러니 남겨진 어린 할머니를 상상했다. 그애가 앞으로 겪을 불운과 상처를 생각했다.

아물지 않은 상처, 잘못 아물어 흉으로 남은 상처가 사람을 훼손할 수 있다는 걸 이제는 안다. 많은 사람이 그렇듯이 나 또한 그만큼 훼손되었다는 것도. 상처받을 때마다 나는 나의 자리를 줄여왔다. 다치지 않을 수 있는 범위를 정하고 내가 할 수 있는 일의 한계를 제한했다. 상처받은 마음은 기억에 들러붙어서 쉽게 떨어지지 않았다.

사람들의 말처럼 상처를 잘 극복하여 성장할 수 있다면 얼마나 좋을까. 어떤 타격을 받더라도 잘 맞서 싸우고 '나를 죽이지 못하는 것은 나를 더 강하게 한다' 같은 말이 옳다고 여길 수 있다면. 내가 경험한 고통은 나를 죽이지는 못했지만 그렇다고 나를 강하게 하지도 않았다. 어떤 상처는 내 마음의 구조를 비틀어 내가 원하지 않은 모양으로 바꿔놓았고, 사람을 덜 믿게 만들었다. 마음의 힘을 고갈시켜서 나를, 타인을 사랑하는 힘을 앗아가기도 했다.

"너는 참 강한 사람이야." 힘든 일을 겪으면서도 할일을 처리해나가는 내 모습을 보며 친구들은 그렇게 말했다. 죽기 살기로 맞서 싸웠던 시간은 분명히 존재했고 그 시간을 대부분 내 힘으로 지나온 것도 맞다. 그런 면에서 내가 강하다는 말은 합당한지 모른다. 하지만 그렇게 애쓰고 힘을 들였던 것이 내게 좋기만 한 일이었는지는 잘 모르겠다. 못 견디겠는 건 견디지 말고, 그냥 주저앉고 싶으면 주저앉아도 됐을 텐데. 참아야 할 일과 참지 말아야 할 일을 구별하지 않고 그저 참으며 그로 인한 분노를 안으로만 삼켜대면서 나를 병들게 하지 않아도 됐을 텐데.

하지만 그게 그때의 내 최선이었던 것도 사실이다. 마냥 경직된 채 훼손되기만 한 것도 아니었다. 그 시간을 거치며 치유된 부분도 있다. 무엇보다 나는 이제 내 삶을 밑도 끝도 없는 숙제 무더기나 천벌처럼 느끼지 않는다. 가끔은 그래도 살아서 좋다는 생각이 들기도 한다. 마침내 내 목소리로 말할 수 있게 되었기 때문일까. 마침내 내 언어로 표현할 수 있게 되었기 때문일까. 심지어 누군가는 내 목소리를 들어주고 있다. 이 삶에서 나는 내가 세상에서 가장 좋아하는 일을 하며 산다. 이 축복 안에서 내 삶은 더이상 벌이나 짐이 아니다.

*

세번째 병원에 갔다. 이번 병원은 경기도에 있어서 고속도로를 운전해서 갔다. 나는 겁이 많아서 삼십대 중반이 될 때까지 운전할 엄두를 내지 못하다가 몇 년 전에야 용기를 내어 운전을 시작했다. 아직도 운전할 때면 긴장하지만 운전 능력은 혼자 사는 데 여러모로 도움이 된다. 작년에는 첫째 고양이 미오가 크게 아팠는데, 미오를 데리고 운전해서 집에서 꽤 떨어진 큰 병원을 다니기도 했다.

이른 시간이었는데도 병원 주차장은 차로 가득했다. 병원에 오면 세상에 아픈 사람이 많다는 걸 몸으로 느끼게 된다. 조금 대기하고 의사를 만났다. 의사는 지금까지 만났던 의사들과는 다르게 내 암에 대해서 상세하게 이야기해줬다. 초음파를 보면서 그 결절이 왜 암인지, 암의 위치가 정확히 어디인지, 어떤 방식으로 수술할 것인지 설명해줬다. 경부 CT 결과가 나오지 않아 불안한 상태였는데 그는 CT를 보면서 별다른 이상은 없어 보인다고 말했다. 의사의 목소리가 작아서 나는 몇 번이고 다시 물어봤다. 그는 인내심을 가지고 설명해줬다. 그가 나를 구체성을 가진 한 명의 사람으로 대하고 있다는 느낌을 받았고, 그곳에서 수술하기로 결심했다.

나는 그에게 건네받은 산정 특례 등록 신청서를 들고서 접수처로 갔다. 암환자가 산정 특례 등록을 하면 치료비의 오 퍼센트만 본인이 부담하면 된다. 그날 나는 의사 상담, 갑상선 초음파검사, 피검사, 소변검사, 심전도검사, 폐 엑스레이 촬영을 했지만 산정 특례 제도 덕에 만원도 되지 않는 비용만 지출했다. 국민 의료보험 시스템은 지켜져야 한다는 생각을 했다. 무슨 일이 있어도 지켜져야 한다고.

모든 검사를 마치고 수술 날짜를 잡았다. 수술은 두 달을 기다리면 됐다. 이로써 암 진단을 받은 후 아무것도 결정되지 않아 불안하게 표류하던 시간은 끝났다. 근처에서 점심을 먹고 운전해서 집으로 가는데 안도의 감정이 몸과 마음에 스며들었다. 불행 중에도 내게 온 행운을 생각했다.

몇 달 전 가을, 심리 상담이 필요한 일이 생겼다. 나는 예전에 심리 상담을 받았던 상담사에게 다시 상담을 받기 시작했다. 보건복지부에서 비용을 지원하는 여덟 번의 상담이었다. 건강검진에서 갑상선 결절이 발견된 게 그즈음이었다. 조직 검사를 받아보는 게 좋을 것 같다는 의사의 조언을 듣고도 나는 목에 바늘을 찔러넣는 세침 검사가 두려워 반년 뒤에 추적 검사를 받겠다고 말한 상황이었다. 대수롭지 않게 그 이야기를 하자 상담사는 본인도 같은 경험이 있다며 얼른 조직 검사를 받아보라고 나를 설득했다. 나는 그다음날 검사를 받았고 악성이라는 결과가 나왔다. 그 사실을 알리자 상담사는 본인의 주치의를 비롯해 갑상선 수술로 이름난 의사들을 소개해줬다. 세 군데의 병원을 돌았고 상담사의 주치의가 나의 주치의가 됐다.

갑상선암은 예후가 좋다고 하지만 그 말에는 어폐가 있다. 갑상선암이 초기에 발견되어서 오로지 갑상선암으로만 존재할 때에 그런 말이 가능하기 때문이다. 갑상선암은 임파선으로, 폐로, 혈액으로 전이될 위험이 있다. 갑상선암은 별다른 증상조차 없기 때문에 제때 검진을 받지 않을 경우 상황이 건

잡을 수 없이 악화될 수 있다. 초음파상 결절의 모양이 좋지 않아 조직 검사를 받아보는 게 좋겠다는 의사의 말을 듣고도 나는 현실을 회피하는 방법을 선택했다. 하지만 다행히 그 시기에 만난 상담사가 내게 현실을 마주하게 해줬다. 좋은 의사와 병원을 추천해줬다. 수술도, 그 이후의 삶도 걱정하지 말라고 본인의 경험을 나눠줬다. 이 글을 통해 상담 선생님께 감사의 인사를 전한다.

갑상선암 환자 카페에서 어떤 분이 쓴 글을 읽었다. 스스로가 암환자라는 사실로 너무 위축되지 않았으면 좋겠다는 요지의 글이었다. 그런 생각으로부터 자유로워질 필요가 있으며 가끔 믹스커피 정도는 먹어도 괜찮다는 말이었다. 그리고 매일 자기 전에 자신의 이름을 부르면서 말해주라고 했다. '지금까지 열심히 살아줘서 고마워'라고.

세상에 당연한 건 아무것도 없다는 걸 머리로는 잘 알았지만 그뿐이었다. 이번 일을 지나면서야 나는 삶이 그저 일시적으로 주어진 것이며 나에게는 바로 지금, 현재밖에 없다는 사실을 깊이 이해하게 됐다. 과거의 성공이나 실패로, 미래에 대한 기대나 불안으로 나는 나의 현재를 무가치하게 대했다. 내 진짜 삶은 언젠가 도래할 것이며, 내가 나로서 온전히 살아가지 못하는 건 어떤 특정한 이유 때문이라고 나를 속이고 길들였다.

하지만 내가 손에 쥘 수 있는 건 오로지 현재뿐이다. 그렇기에 과거에 얽매이거나 미래에 지레 겁먹으면서 현재를 포기할 수는 없다. 내 진짜 삶은 언젠가 어떤 조건이 맞아떨어지면 도래하는 것이 아니라 바로 지금, 불완전해 보이는 여기에 있다.

겨울의 끝자락에서 이 글을 쓴다. 막바지 추위가 기승을 부리고 있지만 이 또한 오래가지 않을 것임을 안다. 계절의 변화는 이 세상에 영원한 것은 없음을, 모든 건 변하기 마련이라는 진실을 몸으로 느끼게 한다. 긴 겨울이었지만 이 겨울 나는 내게 주어진 삶을, 아침에 눈을 뜨면 매일 새로 주어지는 하루를 다른 시선으로 바라볼 수 있었다.

'모든 것은 지나갈 것이다.' 어려서는 이 생각을 하면 마음이 곧장 허무로 기울곤 했다. 아무리 아름다운 시절도 언젠가는 지나가리라는 생각에서였다. 하지만 이제는 이 유한한 찰나가 지금 내 손안에 주어져 있다는 사실에 집중하려 한다. 이 찰나를 보다 가볍고 자유롭게, 작은 기쁨을 느끼며 살아가고 싶다. 겨울은 거듭하여 다시 다가올 테지만 영원하지 않으며 나는 아무리 차가운 바람이더라도 그것에 몸을 싣고 나는 법을 배우는 중이니까.

천천히 달리기

갑상선암 수술을 앞두고 중국 베이징으로 출장을 다녀왔다. 5박 6일의 일정이었다. 서울보다 따뜻한 베이징에서 매일 영양가 있는 음식을 먹었다. 일찍 자고 일찍 일어났으며 아침마다 숙소 근처 공원을 사십 분씩 달렸다. 정해진 일정을 따라서 일하다보니 수술에 대한 잡념이 들지 않았다. 사람들에게 환대를 받았고 즐거운 대화를 나눌 수 있었다. 내 작품을 좋아하는 사람들의 에너지를 받는 건 내게 그 자체로도 치유였다. 문제는 귀국한 후에 시작됐다.

집에 돌아와 가만히 수술 날짜를 기다리는 동안 마음이 점점 무거워졌다. 전신마취 수술을 받아본 적이 없었고, 갑상선을 절제한 후의 컨디션이 어떻게 달라질지 상상하기가 어려워서였다. 그래서 나는 하지 말아야 할 일을 했다. 갑상선암 수술을 받은 사람들의 후기를 찾아 읽기 시작한 것이다. 후기를 관통하는 어떤 보편적 경험을 추출해 내 마음속 불안함과 불확실함을 거둘 수 있으리라는 기대 때문이었다. 며칠 동안 수십 개의 후기를 읽었지만 그 모든 걸 아우르는 보편적 경험을 찾아내기는 어려웠다. 수술부터 회복까지, 저마다의 경험이 다 달랐다.

주삿바늘을 팔에 꽂았을 때, 마취에서 깨어났을 때, 병실로 돌아왔을 때, 퇴원했을 때, 신지로이드*를 투약하기 시작했을 때, 수술을 마치고 반년이 지났을 때, 일 년이 지났을 때······ 사람들은 저마다 다른 경험을 이야기하고 있었다. 누군가는 회복실에서 일어났을 때 처음 겪어보는 끔찍한 통증을 느꼈다고 했고 누군가는 진통제가 잘 들어서 그다지 아프지 않았다고 했다. 회복이 빨라서 일상으로 금방 복귀한 사람이 있는가 하면 수술 이후에 컨디션이 너무 떨어져서 우울감을 호소하는 사람도 있었다. 심각한 이야기까지 모두 정독하고서야 나는 읽기를 멈췄다.

여러 정보를 수집해서 대상을 파악하려는 노력은 '아무것도 모르는 상황'이 주는 불안과 공포를 다루는 나 나름의 방식이

---

* 갑상선 호르몬제.

었다. 최악의 상황까지 예측함으로써 그 일이 현실이 되더라도 덜 놀라고 조금이라도 쉽게 수용할 수 있도록 마련한 방어 장치이기도 했다. 하지만 언제나 그랬듯이 이번에도 그런 노력은 필연적으로 실패로 돌아갔고 더 큰 불안과 혼란만을 안겼다. 삶의 다른 조각들처럼 이 일 또한 내가 통제할 수 없는 영역에 속해 있기 때문이었다. 통제할 수 있는 영역과 없는 영역을 구분하는 것만으로도 삶의 많은 고통을 줄일 수 있다는 걸 머리로는 알면서도 불안은 내게 그런 일을 하게 했다.

나는 캐리어를 꺼냈다. 미오는 내가 어딘가로 떠난다는 것을 직감해서인지 캐리어 옆에서 크게 울었다. 중국 출장을 다녀온 지 얼마 되지 않아 더 그랬을 것이다. 다시 집을 비워야 해서 미안한 마음이 들었다. "나도 가기가 싫어." 나는 미오를 달래며 말했다. 그리고 갑상선암 환자 카페에 올라온 자료를 참고해서 짐을 꾸리기 시작했다. 목베개, 끝이 구부러지는 빨대, 텀블러, 두꺼운 수면양말, 멀티 어댑터, 핸드폰 거치대, 가습기, 클렌징 티슈, 드라이 샴푸, 슬리퍼, 패딩 조끼, 냉찜질 팩⋯⋯ 친구가 가습 마스크를 추천해줘서 그것도 챙겼다. 그러면서도 무언가를 놓쳤을지 모른다는 생각이 들었다. 언제나 드는 생각이었다.

아빠가 병원까지 운전을 해줬다. 병원이 가까워지자 아빠는 내 주치의가 명의이며 믿을 수 있는 외과 의사임을 강조했다.

나의 불안을 누그러뜨리기 위한 말이기도 하겠지만 아빠 자신을 위해서도 필요한 말이었을 것이다.

내비게이션에 오류가 생겨서 엉뚱한 동네를 돌다가 겨우 시간에 맞춰 병원에 도착했다. 입원 수속을 하고 환자복으로 갈아입은 뒤 짐을 풀었다. 아빠는 다음날 수술 시간에 맞춰 다시오기로 하고 떠났다. 혼자 남겨지자 문득 일 년 전, 종합검진을 받았을 때의 일이 떠올랐다. 의사는 내게 전신마취 수술을 받은 적이 있는지, 평생 약으로 관리해야 하는 지병이 있는지물었다. 둘 다 해당 사항이 없다고 답하자 의사는 "운이 좋았네요"라고 했는데 그 말을 들으며 정말 그렇다는 생각이 들었다. 내가 지금까지 수술할 일이 없었던 것, 평생 약으로 관리해야 할 큰 병을 앓지 않았던 건 당연한 일이 아니었다. 그저운이 좋았을 뿐. 병과 함께하는 삶이 오히려 자연스러운 상태에 가까우며 이 점은 나이가 들수록 더 자명한 현실로 드러나리라는 생각을 했다.

수술 바늘은 아팠다. 혈관이 찢어지는 듯했는데, 정맥을 제대로 찾지 못해서 그랬다는 걸 다음날 알았다. 정맥 카테터에수액을 연결하던 간호사가 수액이 혈관으로 들어가지 않으니바늘을 다시 찔러야 한다고 말했다. 다른 간호사가 시도했지만 혈관이 잡히지 않았다. 바늘 꽂는 걸 실패할 때마다 나보다간호사가 더 놀라고 괴로워했다. 어떤 사람의 혈관은 잘 잡히고 어떤 사람의 혈관은 잘 잡히지도, 잘 보이지도 않는다. 안타깝게도 나는 후자에 속했다. 몇 번의 시도 끝에야 다른 팔에서 제대로 혈관을 잡을 수 있었다.

나는 그날 첫번째로 수술을 받는 환자였다. 수술은 환자의 나이가 많은 순서대로 진행된다고 알고 있었기에 첫 순서는 아닐 거라고 생각했는데, 그만큼이나 어린 환자들이 많았던 거였다. 실제로 갑상선암 환자 중에는 완경 전의 젊은 여성이 많다. 가슴 아픈 일이지만 이십대에 갑상선암이 발병하는 것도 그렇게 특수한 경우는 아니라고 한다.

베트남에 사는 나보다 나이가 어린 친구 A도 나와 비슷한 시기에 갑상선암을 진단받았다. "나는 겨우 서른 살이야." 갑상선암이 예후가 좋은 암이라는 말로도, 모든 게 다 괜찮아질 거라는 말로도 친구를 위로할 수 없음을 나는 알았다. 마흔의 내가 갑상선암을 진단받은 것과, 서른의 A가 진단받은 건 다른 종류의 충격이었을 테니까. 친구의 고통이 가슴으로 전해졌다.

그랬던 A가 나보다 며칠 앞서서 수술을 받고 사진 한 장을 보내왔다. 『쇼코의 미소』 영문판 사진이었다. 친구는 수술이 끝났으며 병원에서 내 책을 읽을 거라고 메시지를 전했다. 나는 친구의 회복을 기원하며 이렇게 답장을 보냈다. "이 여정에서 가장 힘든 부분은 이제 끝났어." 내가 느끼는 두려움과 외로움을 가장 잘 이해하는 사람이 그렇게 멀리에 있었지만, 친구가 수술을 무사히 받고 회복의 여정에 나선 것이 용기를 줬다.

수액을 연결하고 나서 간병인이 환자복 상의를 단추 부분이 뒤로 가도록 입히고 머리카락을 양 갈래로 묶어줬다. 수술 후기에서 봤던 모습 그대로였다. 그즈음 아빠가 도착해서 우리는 함께 수술을 기다렸다. 주치의가 병실로 회진을 왔다. 연세가 지긋한 분이었다. 할머니, 할아버지 손에 자라서인지 나는 연세가 있는 분들과 있을 때 편안한데, 주치의에게서도 그런 편안함을 느꼈다.

주치의는 나를 보더니 "표정이 좋네. 표정이 좋은 사람이 수술이 잘돼요"라고 웃으며 말하면서 수술이 잘될 거라고 거듭 강조하고 떠났다. 고작 말 한마디일 뿐이었는데 위로가 되고 불안이 줄어들었다. 나는 늘 그런 다정한 말에 약했다. 그러면서도 정작 나 자신은 따뜻한 말을 잘하지 못했다. 상대가 부담스러워할 것 같았고 내 말랑말랑한 감정을 드러내는 것도 부끄러웠다.

어린 내가 경험한 어른들의 감정 표현은 대부분 부정적인 감정에 관한 것이었다. 술을 마시고 분노를 터뜨린다든지 침묵으로 일관함으로써 수동적으로 공격한다든지 일상적인 하소연처럼 들리는 말 속에 깊은 원한을 담아 이야기한다든지

하는 것이었다. 부부가 서로 애정 표현을 하는 건 '나쁜 일'에 속하는 것 같았고 자식에게 전하는 감정은 대부분 실망감에 관한 것이었다. 하지만 사랑의 표현이 없었던 것은 아니다. 사랑은 표정으로, 소리로, 놀리거나 나쁘게 말하는 방식으로 표현되었고 나는 그 안에 담긴 의미를 읽어내는 방식으로 사랑을 느낄 수 있었다. 가령 나를 키워주신 할머니가 나를 '맹추야' '맹순아'나 '아이고 우리 웬수야'라고 부를 때 그건 내게 '나는 너를 사랑한단다'로 해석됐다.

'말하지 않아도 알아요' 유의 사고는 내게도 그대로 이어졌다. 마음에 없는 소리를 못하는 것은 기본이었고 마음에 있는 소리도 언어로 표현하기가 어려웠다. 진짜 감정을 전하는 건 남사스럽고 부끄러운 일이라는 생각이 강했다. 나는 춤을 못추는 몸치이기도 한데, 감정 앞에서 언어가 경직되는 건 리듬 앞에서 몸이 경직되는 것과 비슷한 느낌이었다. 너무 오래 억눌러와서 어떻게 해야 할지 모른다고 할까. 내 마음을 언어로 전달하는 건, 무대 위에 올라가서 춤을 춰야 하는 것처럼 어렵고 용기가 필요한 일이었다.

나는 이동식 수액 거치대를 밀면서 수술실을 향해 걸어갔다. 안경은 병실에 둬야 한다고 해서 쓰지 않았더니 넘어지거나 어딘가에 부딪힐까봐 두려웠다. 나는 안경 없이는 한 치 앞도 제대로 보이지 않는 고도근시다. 당황하는 나를 보고 간호사가 병실에서 안경을 가져와 전해줬다. 아빠는 어쩔 줄 모르는 얼굴로 나를 따라서 엘리베이터를 타고 수술실이 있는 층으로 함께 내려갔다.

엘리베이터 앞에서 아빠와 헤어지고 수술 대기실에 들어갔다. 수술 대기실은 처음 느껴보는 종류의 활력으로 가득했다. 모두가 정해진 역할에 따라 분주하게 오가고 있었다. 나는 수술 모자를 쓰고 바퀴 달린 침대에 누웠다. 마취과 의사의 설명을 듣고 곧장 수술실로 이동했다. 수술대 위로 몸을 옮기자 발목에 심전도 측정 기구가 부착되었고, 입가에는 투명한 플라스틱 산소호흡기가 씌워졌다.

"마취약이 들어갈 때 뻐근합니다."

나는 뻐근함을 느끼기도 전에 잠이 들었다. 마취약을 넣자 몸이 이완되는 기분좋은 느낌이 들었다. 그렇게 의식이 없어진 사이 수술이 끝났고, 눈을 뜨자 신체적 고통이 나를 압도했다. 숨을 쉬기가 어려웠고 구역감이 들었다. 목도 움직일 수 없었다. 지나가는 의료진에게 진통제를 좀 달라고 부탁했다. 그 말을 하는데 목에서 바람 빠지는 소리가 났다. 목소리도 너무 작아서 상대에게 들릴지 걱정이 됐다. 그 사람은 내게 이미 진통제가 들어간 상태라고 답하며 잠들지 말고 의식적으로 호흡을 하라고 했다. 그러고 싶었지만, 몸이 마음을 따라가지 못했다. 지금 구토하면 안 된다고 생각하면서 구역감을 견디려고 애썼다.

얼마나 그러고 있었는지, 바퀴 달린 침대가 움직이기 시작했다. 침대에 누워 엘리베이터를 타고 병실로 이동하는데 내가 꼭 껍데기만 남은 채로 옮겨지는 것 같았다. 병실에 도착하고 얼마 지나지 않아 이모가 찾아왔다. 병원 규정상 보호자는 한 명만 머무를 수 있어서 아빠는 내게 인사를 하고 자리를 떠났다.

침대 등받이를 세워두고 앉아서 나는 의식적으로 숨을 쉬려고 노력했다. 열이 나서 간호사가 양쪽 겨드랑이에 얼음 팩을 끼워줬다. 문병을 온 이모는 그런 나를 보고 당황스러워했다. 내가 전신의 통증을 호소하자 간호사에게 왜 진통제가 듣지 않느냐고 조심스럽게 물었다. 냉장고에서 냉찜질 팩을 꺼내서 내 목에 대주고 팩이 미지근해지면 새로운 팩을 꺼내 대줬다. 차가운 음료가 회복에 도움이 된다는 말에 스무디와 아이스크림을 사 와서 먹이기도 했다. 그리고 다시 간호사에게 가서 진통제에 대해 물었다.

수술 후에 청각이 무척 예민해져서, 병실 밖에서 간호사와 이모가 나누는 대화를 생생하게 들을 수 있었다. 이모는 예의 조심스러운 태도로 왜 내가 진통제를 맞아도 아픈지 물었고, 간호사는 '수술하면 아픈 게 당연하며 진통제가 듣는 데는 최소 삼십 분이 걸린다. 진통제는 네 시간 간격으로 맞아야 한다' 같은 답을 했다. 나는 그 이야기들을 유심히 들었다.

병실로 이동한 지 여덟 시간이 지나서도 여전히 몸을 움직이기 어려웠다. '병실에 오고 두 시간 만에 걸었어요' '병실에 오니 거짓말처럼 통증이 사라졌어요'와 같은 수술 후기를 떠올리면서 나는 내가 회복이 더딘 축에 속한다고 생각했다. 다행히 저녁에 다시 진통제를 맞고 한숨 자고 나자 언제 그랬냐 싶게 몸이 나아졌다. 하지만 여전히 목은 조금도 움직일 수 없었다. 수술 직후에는 바람 빠지는 소리가 나긴 했어도 작게나마 말할 수 있었지만, 시간이 지나자 그조차도 어려워서 나는 이모에게 카카오톡 메시지로 의사를 전달했다. 내가 메시지를 보내면 이모는 목소리로 답하는 식으로 우리는 대화를 나눴다.

이모는 결혼하기 전까지 우리 가족과 함께 살았다. 나는 친척 어른들과 가깝게 교류하지 않았지만 이모는 예외였다. 이모가 결혼하고 나서도 우리는 종종 만났다. 이모의 신혼집 창가에 날아든 비둘기를 구경하던 기억, 어느 슬펐던 날, 할아버지가 "홍제동 갈까?"라고 말하며 내 마음을 달래주려고 했던 기억 같은 것들이 떠오른다. 홍제동에는 이모 가족이 세 들어 살던 집이 있었다. 이모가 첫아이를 낳을 때는 병원에서 이모가 진통하는 모습을 지켜보기도 했다. 옆에 누운 산모가 고통 때문에 소리를 지르던 것이 아직도 생생하다. 그만큼 또렷한 기억은 소리 내지 않고 고통을 참던 이모의 얼굴이다.

초등학교 교사로 일하다 얼마 전에 퇴직한 이모는 담임을 맡은 반 아이들의 사진을 보여주곤 했는데 그런 이모의 모습이 내게는 늘 인상적이었다. 삼십 년 넘게 일을 하고도 아이들한 명 한 명에 대한 애정을 숨기지 못했기 때문이다. 그건 그냥 타고난 성정 같은 것이겠지.

수술한 날 밤에는 지쳐서 잘 잘 수 있을 줄 알았는데, 어쩐지 각성이 돼서 얼마 자지 못하고 새벽 세시에 눈을 떴다. 이모는 간병인 침대에 누워서 자고 있었다. 한방에서 다른 누군가와 함께 잠을 잔 게 언제였는지 이제는 기억조차 나지 않았다. 이혼하기 전까지는 누군가와 함께 방을 쓴 시간이 길었다. 결혼하기 전에도 방값을 절약하려고 룸메이트와 방을 나눠 썼으니까.

나는 아무것도 하지 않은 채로 가만히 앉아서 이모의 숨소리를 들었다. 내가 지금 다른 누군가와 함께 있다는 사실이, 불과 며칠 사이에 내 몸이 달라졌다는 사실이 낯설게 느껴졌다. 캄캄하던 창밖이 서서히 밝아지기 시작했다. 새벽 다섯시가 되자 간호사가 혈압과 체온을 재러 들어왔다. 기척을 들었는지 이모도 잠에서 깨어 일어났다. 이모는 내 혈압을 보더니 이렇게 낮아도 괜찮은지 간호사에게 물었다. 간호사는 웃으면서 구십이 넘으면 정상 범위에 속한다고 답했다. 이모는 그렇게 작은 것 하나에도 걱정이 되는 듯 보였다. 이어서 간호사가 채혈을 하고 약물을 주입한 뒤 주삿바늘을 제거했다.

주변 카페가 열리자마자 이모는 족히 일 리터는 되어 보이는 차가운 음료를 사 왔다. 나는 그걸 단숨에 마셨다. 음료를 삼킬 때마다 이물감이 있었지만 전날처럼 아프지는 않았다. 몸이 한결 가벼워졌고 걸어서 화장실에 가는 것 또한 어렵지 않았다.

전날 수술한 다른 환자와 같이 골밀도 검사를 받으러 검사실에 갔다. 검사실 접수대에서 이름과 주민등록번호 앞자리를 알려달라는 질문을 받았다. 목이 완전히 잠겨서 바람 빠지는 소리로 겨우 말했는데, 나와 같이 온 환자는 별 어려움 없이 소리 내어 정보를 말했다. 나보다 열 살이 어린 사람이었다. 문득 그 환자가 부러워졌고 나도 빨리 낫고 싶다는 생각이 들었다. 수술 전에는 시간이 얼마나 걸리든 잘 회복하는 게 중요하다고 생각했었는데, 막상 수술을 마치니 빠르게 낫고 싶다는 욕심이 내 마음을 치고 들어온 것이다.

병실로 돌아오고 얼마 되지 않아 주치의가 회진을 왔다. 그는 수술이 잘됐고, 내가 아픈 사람처럼 보이지 않는다고 말했다. 나는 잠이 잘 안 와서 하루 정도라도 빨리 퇴원하고 싶다고 말했다. 익숙한 내 공간에서 고양이들과 함께 자고 싶었다. 그는 흔쾌히 그러라고 했다. 나는 이모에게도 이제 집으로 돌아가라고 말했다. 이모가 떠나기 전 우리는 휴게실에서 대화를 나누었다. 아이스 밀크티를 마시면서 나는 카카오톡 메시지로, 이모는 음성으로 말했다. 이모는 돌아오는 부활절에 천주교 세례를 받을 거라고, 세례명은 아녜스라고 전했다. 나는 이모가 성당에 다니기 전에도 혼자 기도했다는 걸 알았다. 늦은 나이에 종교를 가진다는 것이 어떤 의미인지 궁금했지만 묻지 않았다. 이모에게는 이모만의 이유가 있었을 테니까. 이모는 퇴직하고 매일 수영을 하고 있다면서 수영장에서 친해진 사람들과 여행을 간다고도 했다. 이모는 오래 어깨가 아팠는데, 수영하고 많이 나아졌다면서 두 팔을 위로 들어 보였다.

내가 아는 이모는 자기가 힘든 이야기를 하지 않는 사람이었다. 조카에게 괜히 걱정 끼치고 싶지 않은 마음이었겠지. 내가 이모에게 바라는 건 언제나 같았다. 건강하고, 너무 근심하지 않고, 자주 행복하기를. 예쁘게 말하기 어려워하는 나는 이모에게 그렇게 얘기하지 못했다. 다만 여기에 이렇게 쓴다.

*

퇴원 수속을 하고 아빠가 운전해서 집에 데려다줬다. 동네에 다다르자 길가와 천변에 핀 벚꽃이 보였다. 매년 봄마다 보는 풍경인데도 올해는 어쩐지 더 아름답게 느껴졌다. 수술하고 한 달 동안은 무거운 물건을 들어서는 안 되는데, 캐리어를 끄는 것도 무리가 될 수 있어서 아빠가 짐을 옮겨줬다. 집에 들어가니 아빠를 보고 놀란 고양이들이 우리를 피해 저마다 방으로 도망쳤다.

무리하지 말고 푹 쉬라는 말을 남기고 아빠가 떠났다. 그제야 미오가 항의하듯이 크게 울면서 곁에 왔고 둘째 고양이 포터도 다가와 내게 몸을 비벼댔다. 고양이들을 보고 만지자 비로소 안도감이 들었다. 별다른 문제 없이 수술을 잘 마쳤다는 사실에 감사했다. 오랫동안 하지 못했던 샤워를 하고 거울을 봤다. 목이 멍들고 부어 있었다. 나는 수술 부위에 붙인 방수 밴드를 떼어냈다. 그러자 목을 가로지르는 절개 상처와 함께 상처 부위가 벌어지지 않도록 딱딱한 밴드 여섯 개가 그 위에 세로로 붙어 있는 것이 보였다. 이 상처는 언제 옅어질까, 반사적으로 생각하다가 서두르지 말자고 나를 다독였다.

퇴원 당일은 날이 따뜻했다. 나는 긴팔 티셔츠에 운동복 바지를 입고 산책에 나섰다. 차를 타고 지나오면서 본 벚꽃을 구경하고 싶어서였다. 벚꽃은 아직 만개하기 전이었다. 반쯤은 하얗게 피고 반쯤은 진한 분홍색 몽우리로 남아 있었다. 통통한 까치가 벚나무 가지 사이를 옮겨다니며 울어댔다. 언덕 위 개나리는 만개해서 봄바람에 맞춰 흔들리고 있었다.

며칠 안 되는, 봄꽃으로 가득한 나날. 그 시간을 놓치고 싶지 않아서 나는 그다음날에도, 다음다음날에도 틈틈이 산책을 했다. 아침을 먹고 산책하고, 점심을 먹고 산책하고, 저녁을 먹고 다시 산책했다. 그동안 벚꽃이 만개해서 평일 오후에도 벚꽃 길을 따라 인파가 붐볐다.

그날도 아침을 먹고 산책하다 돌아오는데 빗방울이 떨어지기 시작했다. 집에 도착할 즈음에는 빗줄기가 우박처럼 거세져 있었다. 그때부터 언제 따뜻했나 싶게 추운 날씨가 이어졌다. 벚꽃이 피고 지는 데는 채 열흘이 걸리지 않았다. 나는 두꺼운 옷을 껴입고 차가운 손을 연신 주물렀다. 4월은 변덕이 심한 달이다. 하루는 패딩 코트를 입어야 할 정도로 춥다가 다음날에는 바람막이만 입어도 덥고, 열기에 가까운 온기가 가득한 오후 뒤에 갑작스럽게 차가운 비가 내리는 식이다. 그런 와중에도 나무와 풀은 아랑곳없이 새잎을 낸다. 나는 그런 4월의 한가운데에 있었다.

이즈음이 되면 나를 키워준 할아버지가 더 가까이 느껴졌다. 할아버지는 칠 년 전 이맘때쯤 돌아가셨다. 할아버지를 생각하면 지팡이를 짚고도 걷는 것을 어려워하던 말년의 모습이 먼저 떠오른다. 할아버지는 내가 대학생일 때 뇌경색을 앓은 뒤 언어 기능을 상당 부분 잃은 채로 지냈다. 표현하고 싶은 것을 정확한 언어로 말할 수 없어서 종종 화를 내기도 했는데, 삶의 마지막 지점에 다다랐을 때는 그조차도 할 수 없을 정도로

쇠약해졌다. 그 괴로움과 고통에 대해서 나는 아는 바가 없다.

　말년의 할아버지를 떠올리면 실내 슬리퍼를 마룻바닥에 끄
는 소리가 들린다. 걷는 게 어려워져서 발로 바닥을 끌면서 걸
어야 했기 때문이다. 집에 찾아가면 할아버지는 무척 기뻐하
면서 아이처럼 웃으며 악수를 청했다. 헤어질 때도 할아버지
는 내게 한 손을 건넸다. 그럴 때 할아버지는 말없이 큰 눈으
로 미소 지었는데, 그러면 나는 그게 어떤 뜻인지 이해할 수
있었다. 할아버지의 손은 차가웠다. 악수를 하고도 내 손에 냉
기가 남아 있을 정도로. 마지막인 줄 몰랐던 작별인사를 했을
때도 할아버지는 내게 그 차가운 손을 건넸다.

　할아버지가 돌아가시던 밤에 나는 러시아 블라디보스토크
로 향하는 배를 타고 있었다. 환경재단의 '그린 보트'를 타고
부산에서 출발해 블라디보스토크로, 일본 후쿠오카와 나가사
키를 거쳐 다시 부산으로 돌아오는 여정이었다. 다양한 직업
의 사람들이 배 안에서 각자 한두 번씩 강연하는 일정이었는
데, 나도 작가로 초대되어 그 배에 올라탔다.

　그날 밤에 나는 자다가 이유 없이 눈을 떴고 각성한 채로 한
동안 잠들지 못했다. 해가 뜨고 얼마 되지 않아 사촌동생에게
서 할아버지의 부고를 알리는 문자가 왔다. 누군가는 바보 같
은 소리라고 할지도 모르겠지만, 나는 그날 밤에 할아버지가
나를 찾아왔다고 믿는다. 할아버지가 세상을 떠나기 전에 잠

시 나를 만나러 들렀고 나는 그 기척을 느꼈다고.

부산에서 블라디보스토크까지는 이틀이 걸렸다. 나는 할아버지의 부고를 접하고도 바다에 발이 묶인 채로 하루를 보냈다. 내가 할아버지의 장례에 참여할 수 있는 유일한 방법은 다음날 블라디보스토크에서 내려서 비행기를 타는 것밖에 없었다. 행사를 취소한다는 건 상상도 해보지 못한 일이었지만, 할아버지의 장례에 가지 않으면 영원히 후회할 것 같아서 환경재단에 양해를 구하고 먼저 한국으로 돌아가기로 했다.

다음날 아침 도착한 블라디보스토크에는 폭우가 내리고 있었다. 택시는 폭우가 쏟아지는 도로를 시속 백 킬로미터가 넘는 속도로 달려서 공항으로 향했다. 모든 상황이 현실처럼 느껴지지 않았다. 나는 해가 지고 나서야 장례식장에 도착할 수 있었다. 영정 사진 속 할아버지는 불콰한 얼굴로 장난스럽게 웃고 있었다. 내가 마지막으로 본 할아버지보다 훨씬 더 젊은, 생기가 남아 있던 시절의 모습이었다. 칠십대의 어느 날, 할아버지는 친구들과 술을 마시다가 충동적으로 영정 사진을 찍으러 갔다. 술을 마셔서 볼이 붉어진 채로, 이런 일이 재미있다는 듯이 장난스럽게 웃으면서.

장례식장에서도, 화장장에서도, 장례를 마치고 할아버지의 집으로 돌아왔을 때도 나는 할아버지가 돌아가셨다는 사실을 실감하지 못했다. 고개를 돌리면 할아버지가 발을 끌며 거실로 들어올 것만 같았다. 칠 년이 지난 지금, 나는 더는 할아버지가 거실로 걸어올 거라고 상상하지 않지만, 문득문득 내 삶에 스며든 할아버지의 존재를 느낀다. 그럴 때면 마음속으로 할아버지, 하고 불러본다. 응답받지 못하리라는 것을 알면서도.

상담을 받으면서 나는 내가 할머니, 할아버지 손에 자라지 않았다면 지금 이 세상에 존재하지 않았을지도 모른다고 말했다. 삶의 파도를 건널 힘이 없었을지도 모르겠다고. 그분들이 내게 완벽한 사랑을 줬기 때문이 아니었다. 다만 내가 할아버지, 하고 부르면 으응, 하고 대답해줄 사람이 있었다는 것, 외로운 아이들에게 누군가를 부르고 응답받는다는 것이 얼마나 큰 의미인지 말하고 싶었다. 그럴 수 있는지 없는지는 때로 전혀 다른 의미라고 말이다.

비록 할아버지가 일정 부분 괴팍한 사람이었고 술을 마시면 했던 이야기를 하고 또 하고 자신의 모순을 투명하게 내비치는 사람이었다고 하더라도, 기대만큼 총명하지 못한 내 모습이 마음에 들지 않아서 갑자기 화를 내고 거침없이 상처 주는 말을 하는 사람이었다고 하더라도, 어떤 면에서는 조금도 견딜 수 없는 사람이었다고 하더라도, 할아버지, 하고 부르면 으응, 하고 대답하던 할아버지는 내게 세상 누구로도 대체될 수 없는 단 한 사람이었다.

할아버지를 보내고 일 년이 지나서 나는 이런 문장에 밑줄을 쳤다.

잊어버려도 괜찮단다. 그가 말했다. 또 그러는 편이 좋아. 사실 우리는 때로 잊어야 하지. 잊는 건 중요한 일이란다. 일부러라도 그래야 해. 그래야 좀 쉴 수 있거든. 듣고 있니? 우리는 잊어야 해. 그러지 않으면 영영 잠을 잘 수 없게 될 거야.

엘리자베스는 훨씬 어린 아이처럼 울고 있었다. 울음이 날씨처럼 그녀에게서 나왔다.

대니얼이 그녀의 등에 손바닥을 얹었다.

기억나지 않는 게 있어 괴로울 때 내가 뭘 하냐면 말이다. 듣고 있니?

네. 엘리자베스가 울면서 대답했다.

무얼 잊어버렸든 그게 가까운 곳에서 새처럼 날개를 접고 잠들어 있다고 상상한단다.

어떤 종류의 새요? 엘리자베스가 말했다.

들새. 대니얼이 말했다. 종류는 상관없어. 그런 일이 일어나면 저절로 알게 될 거야. 그러면 나는 그것을 너무 세지 않게 살며시 감싸안고 재우지. 그러면 돼.*

---

* 앨리 스미스, 『가을』, 김재성 옮김, 민음사, 2019, 283쪽.

나는 그것을 너무 세지 않게 살며시 감싸안고 재운다. 내 곁에 새처럼 날개를 접고 잠들어 있는 그것을.

*

어떤 날은 괜찮다가도, 다른 날에는 쉽게 피곤해지고 힘이 들었다. 상태가 좋아진 것 같아서 조금 부지런한 하루를 보내면 다음날 바로 입술과 목이 붓는 식이었다. 가장 어려운 건 발성이었다. 목소리가 나오기는 했는데 의식적으로 애를 써야 했다. 말할 때면 누군가가 내 성대를 손가락으로 누르고 있는 것 같았다. 전화통화는 할 수 있었지만 카페에 가서 주문할 정도로 크게 말하기는 어려웠다. 목에 힘을 주고 말해도 직원이 내 말을 알아들으려고 애쓰는 표정이 보였다.

갑상선암에 관한 정보를 자주 찾다보니 관련 영상이 추천 동영상으로 뜨곤 했다. 그중에는 전공의가 정보를 전하는 경우도 있었지만, 의사가 아닌 사람이 갑상선암이 발병한 원인에 대해 과학적으로 증명되지 않은 주장을 펼치는 경우도 있었다. 주장은 다음과 같았다. '크게 충격을 받는 일이 있었다.' '과도하게 열심히 살았다.' '부정적인 감정을 표현하지 못하고 참았다.'

이 모든 주장을 과학적으로 증명할 수는 없겠지만, 스트레스가 면역력을 떨어뜨려 몸을 병에 걸리기 쉬운 상태로 만든다는 건 모두가 아는 사실이다. 스트레스에서 자유로운 사람이 세상 어디에 있을까. 다만 그것에 대처하는 능력은 저마다 다를 것이다.

돌아보면 나는 타인과의 경계를 잘 설정하지 못해서 스트레스를 받는 경우가 많았다. 나의 욕구보다 타인의 욕구에 더 예민했기에 내 감정을 무시하고 타인의 감정을 우선시했다. 타인이 힘들어하면 무리를 해서라도 대신 문제를 해결하고 책임지려 했다. 거기에는 재정적인 문제부터 감정적인 문제까지 모두 포함됐다. 그건 무릎반사처럼 이루어지는 반응이어서 이성적인 사고가 개입할 여지가 없었다.

나는 어디까지가 내 영역인지도 모르면서 경계를 존중받지 못한 후에 씁쓸한 감정에 사로잡혔다. 하지만 냉정하게 본다면 상대가 그 경계를 넘도록 '허용'한 것은 다름 아닌 나였다. 내가 경계 설정을 하지 않았기 때문이다. 거절하지 않았기 때문이다. 싫은 내색을 하지 않았기 때문이다. '도울 수 없어.' '아니, 그건 네 문제야.' '지금은 혼자 있고 싶어.' '약속을 어기지 마.' 그 말 한마디를 할 자신이 없어서 타인의 욕구에 휩쓸리듯 내 경계를 흐린 것은 나였다. '누군가의 괴로움을 나서서 해결해주지 않는 한 나는 뻔뻔하고 나쁜 사람'이라는 왜곡된 자기 인식 또한 문제였다. '착한' 사람, 희생하는 사람이라도 되지 않는다면 나는 세상에 존재할 가치가 없다는 근본적인 자기부정이 그 밑바닥에 있었음은 물론이다.

　나 스스로 상대가 경계를 넘도록 허용해놓고서 나는 절망했다. 왜 미안해하지 않아? 어떻게 이렇게 뻔뻔해? 어떻게 이렇게 나를 존중하지 않을 수 있어? 그 절망감은 내 마음을 부식시켰지만 나는 그 감정마저도 억압하여 드러내지 않으려고 애썼다. 경계 설정에 어려움을 겪다보니 모든 관계가 결국에는 같은 방식으로 어그러질까봐 사람들에게 마음을 열기가 힘들어졌다. 예전부터 어렴풋이 느끼던 문제였지만 가까웠던 사람과의 관계가 그런 식으로 깨진 후에야 나는 내 패턴을 대면하게 됐다. 경계를 흐리고 상대의 요구를 거절하지 못하는 나, 경계를 침해당하고 분노하는 나, 그 분노를 다시금 마음 깊숙이 억압하는 나.

　갑상선암 진단을 받고 나는 나의 억압된 분노가 스스로를 아프게 했다는 생각에서 자유로울 수 없었다. 싫은 소리 한번 하지 못해서, 착한 사람 콤플렉스에 빠져서 네가 너에게 한 짓을 봐봐…… 결국 네 몸이 너에게 말한 거야. 척하면서 사는 거 이제 그만하고 싶다고. 아무렇지 않은 척, 괜찮은 척, 이타적인 척 좀 그만하라고. 네가 얼마나 훼손되고 화나고 절망했는지 인정하라고.

　그리고 나는 인정했다. 나는 아무렇지 않은 게 아니었고 괜찮은 게 아니었고 이타적인 게 아니었다. 나는 훼손되고 화나고 절망하는 사람, 겉으로는 깨끗해 보이는 나의 집 같은 사람이었다. 냉장고에서는 채소와 반찬이 썩어가고 싱크대 배수구에는 오물이 고여 있으며 서랍을 열면 아무렇게나 쑤셔넣은 물건들로 어지러운 나의 집 같은 모습, 그게 내 속이었다.

내가 분노를 억눌렀기에 병에 걸렸다고 말하는 건 아니다. 단지 병에 걸린 후, 그제야 나의 아픔에 눈길이 갔다는 걸 이야기하고 싶을 뿐이다. 나는 개인의 성격이나 생활 습관 같은 게 병의 원인이라는 식의 일반화를 좋아하지 않는다. 그런 믿음은 아픈 사람을 다시금 아프게 하는 폭력이라고 생각하니까. 아서 프랭크는 분노를 표현하지 않고 참는 것이 '암을 부르는 성격'이라는 가설에 대해 이렇게 말한다.

너무도 많은 사람이 아픈 사람에게 원인을 돌리면서 쉽게 균열을 봉합한다. 아픈 사람에게 암을 부르는 성격이 있다고 믿을 때, 아픈 사람 이외의 모두에게 세계는 덜 취약하고 덜 위험해진다. 아픈 사람조차 병이 그냥 생겼다기보다는 자신이 무언가를 잘못해서 생겼다고 믿기도 한다. 불확실성보다는 죄책감이 더 편할 수도 있는 것이다.[*]

---

[*] 아서 프랭크, 『아픈 몸을 살다』, 메이 옮김, 봄날의책, 2017, 176쪽.

"불확실성보다는 죄책감이 더 편할 수도 있는 것이다." 나는 이 문장에 밑줄을 그었다. 진단을 받고 나는 내가 병에 걸린 이유를 생각해봤다. 몇 달간의 극심한 스트레스가 먼저 떠올랐다. 이어서 몇 년 전에 받은 충격도 떠올랐다. 그때의 나는 분노를 참고 억눌러야만 미래의 내가 안전할 수 있으리라 판단했고 그렇게 했다. 하지만 그게 정말 건강한 선택이었을까. 소화할 수 없는 감정을 억지로 삼키는 건 스스로에게 너무 강압적이고 잔인한 일 아니었나.

내 생활 습관에 대해서도 생각했다. 나는 고민이 있으면 잠으로 도피하는 경향이 있어서 길게 자곤 했다. 음주도 안 좋은 영향을 줬을 거라고 생각했다. 삼 년 전에 완전히 단주하긴 했지만 술을 습관적으로 마시던 시간이 길었다. 나는 이어서 생각했다. '술을 끊어서 다행이다. 아직도 마시고 있었다면 떳떳하지 못했을 거야.' 거기까지 생각하고 나는 내게 물었다. '뭐가 떳떳하지 못했을 거란 거야? 너는 네가 죄를 지어서 병에 걸렸다고 생각해?'

'아마도.' 그렇게 대답하고 나는 가만히 응시했다. 내가 잘못 살아서, 내가 나를 함부로 대해서, 죄를 지어서 이런 결과에 이르렀다는 생각을. 아서 프랭크의 말대로 그런 죄책감이라도 느끼는 것이 '불확실성' 속에 빠지는 것보다는 더 편안하기 때문인지도 모르겠다. 사실 병의 이유 같은 건 존재하지 않는다고 말하는 편이 더 진실에 가깝다. 그저 그렇게 된 것이다. 그러나 그 사실을 그대로 받아들이는 건 미래의 불확실성을 양팔 벌려 맞아들이는 일과 같았다. 나는 두려웠다. 암이 전신 질환이며, 몸의 다른 곳에서 다시 발병할지 모른다는 생각을 떨쳐내기가 어려웠다. '갑상선암에 걸렸다고 해서 다른 암에 더 잘 걸리는 것은 아니다'라는 연구 결과를 읽으면서도 두려움에서 자유로울 수 없었다.

언제쯤 삶은 결코 통제할 수 없으며 삶의 사건들은 인과관계에서 벗어나 있다는 사실을 가슴으로 받아들일 수 있을까. 언제쯤 모든 규칙을 깨고 펼쳐지는 삶의 불규칙성을, 쉽게 예측할 수 없는 삶의 연약함을 그대로 받아들이고 살아갈 수 있을까. 언제쯤 내가 통제할 수 없는 영역에 대한 집착을 내려놓을 수 있을까. 이 모든 일에는 꽤 오랜 시간이 걸릴 것 같다.

*

운전해서 외래를 가는 길에 라디오 뉴스로 프란치스코 교황의 선종 소식을 뒤늦게 들었다. 폭우가 내리는 날이었다. 어쩐지 마음이 아팠고 그에 관한 한 장면이 떠올랐다.

2022년 이탈리아 로마의 스페인광장을 찾은 그는 세계 평화를 위해 기도를 올리던 중 우크라이나전쟁에 관한 대목에서 한동안 말을 잇지 못하고 몸을 떨며 눈물을 흘렸다. 모두가 돈과 힘의 관점에서 그 전쟁에 대해 말할 때, 그는 알지도 못하는 누군가의 고통을 자신 안에 아프게 새기고 있었다.

전쟁과 학살을 중단하라는 자신의 말이 엄연한 현실 앞에서 시시각각 부서지는 모습을 지켜보며 그는 어떤 감정을 느꼈을까. 그의 우는 얼굴은 내게 삶의 전부를 살아내는 사람, 그것이 무엇이든 회피하지 않고 마주하는 사람의 모습으로 보였다. 삶은 슬픔과 고통으로 가득하지만, 그의 모습은 그것이 삶을 부정하는 근거가 아니라 도리어 삶을 끌어안아야 하는 이유라고 말하고 있었다. 그런 그가 세상을 떠난 것이다. 나는 그 장면을 되새기며 병원으로 향했다.

병원에 가까워질수록 빗줄기는 점점 더 거세졌다. 채혈실에 가서 피를 뽑고 병원 일층 카페에 앉아 책을 펼쳤다. 책을 읽는 둥 마는 둥 하며 세 시간 정도를 기다려서야 내 차례가 되었다. 간호사가 상처에 붙어 있는 테이프를 제거한 뒤 이제는 방수 밴드 없이도 샤워할 수 있다고 설명했다. 나는 적나라하게 드러난 내 상처를 거울로 바라봤다. 기다랗고 진한 갈색 절개선이 가로로 목을 가르고 있었다.

주치의는 상처가 잘 아물고 있다고 말했다. 수술이 잘 끝났으며 조직 검사 결과는 역시 암이었다고 전했다. 나는 신지로 이드를 처방받았다. 외출할 때는 불투명한 실리콘 반창고를 상처에 붙여서 자외선을 차단해야 한다고도 했다. 간호사가 반창고를 오려 내 목에 붙였다. 외래가 끝나고 주치의에게 내 책 한 권을 선물로 드렸다. 그는 책 선물을 가장 좋아한다고 말하면서 갑상선암에 관한 자신의 저서를 내게 건넸다.

다음 외래는 반년 뒤에 있었다. 그때쯤이면 목소리 내는 일이 지금보다 나아지고 상처도 흐려질 것이다. 그리고 시간은 빠르게 흐르니까…… 나는 빗길을 운전하면서 시간의 자비로움을 떠올렸다. 시간은 불가능하다고 생각했던 일을 가능하게 한다. 축적된 경험으로 나를 일깨우기도 하고 지난 일로부터 거리감을 확보하여 전체를 조망하게 하기도 한다. 내가 바꿀 수 없는 부분을 수용하게도 하고 망각이라는 진통제를 주입해주는 관대한 존재이기도 하다. 어떻게든 시간을 거스르면서 억지를 부리는 일이 어리석다는 것을 뒤늦게 깨닫게 하기도 한다.

세상에는 시간이 필요한 일이 있다. 같은 병을 앓고 같은 수술을 받더라도 저마다의 회복 속도가 다르듯이 사람마다 어떤 경험을 소화하는 데 필요한 시간이 다르기도 하다. 어려서부터 나는 부정적인 경험을 깊이 되새김질하지 말라는 충고를 듣곤 했다. 빨리 잊고 빨리 회복하여 빨리 진창에서 헤어 나와야 한다는 말이었다.

어쩌면 그게 가능한 사람도 있을지 모르겠다. 그러나 나는 감정의 소화 능력이 떨어지는 사람이었다. 그래서 되새김질해야 했고, 긴 시간 곱씹어야 했다. 그래야 체하거나 오래 아프지 않을 수 있었으니까. 그건 어리석은 가학 행위가 아니었다. 지금까지의 삶을 통해 내가 알게 된 건, 무슨 이유로든 숨겨놓은 감정은 결코 사라지지 않는다는 사실이었다. 그것이 어떤 감정이든 바라보고 인정해야 했다. 그래야 마음이 덜 병들 수 있었다.

외래를 다녀오고부터 무리가 되지 않는 선에서 아주 천천히 달리는 연습을 시작했다. 천천히 달리기는 어려운데, 잠깐 방심하면 자연스럽게 속력을 내게 되기 때문이다. 속도를 높이지 않고 느린 속도를 유지하려면 순간순간에 집중해야 했다. 천천히, 더 천천히…… 그게 지금의 내 만트라라고 생각했다. 조금 더 천천히, 그보다 더 천천히.

골밀도 검사실에서 '빨리 낫고 싶다'는 조바심을 느꼈을 때부터 나는 자꾸만 속도를 의식하는 내 마음을 바라봤다. 나는 빨리 나아가고자 했다. 그런데, 어디로 가고 싶은 거지? 그건 삶의 관성 같은 거였다. 시간을 낭비해서는 안 되고, 조금이라도 생산적인 일을 해야 하고, 하루하루를 헛되이 보내지 말아야 한다는 내 마음속 강령이기도 했다. 그리고 이제 나는 그런 내 자동 반사 같은 마음을 이해하면서도 그게 나에게 얼마나 잔혹한 요구인지 알 수 있었다.

"아주 어린 동생이 있다고 생각해봐요." 오래전 상담사는 내게 그렇게 말했다. "그애에게도 지금 당신이 당신에게 하는 말을 할 수 있어요?" 상담사의 그 말은 내게 채찍을 휘두르고 가혹하게 대해야만 내가 도태되지 않을 수 있다는 뿌리깊은 믿음을 돌아보게 했다. '갑상선암 수술이 뭐가 대수라고. 빨리 회복하고 일상으로 복귀해야지. 왜 이렇게 게을러? 놀고 싶은 거면서 수술 핑계 대지 마. 남들은 수술하고도 바로 직장 돌아가서 일해.' 과거의 나였다면 그렇게 말했을 것이다. 그렇게 냉담하게, 그토록 무정하게.

자기 자신에게 친절해야 한다는 말보다도, 아주 어린 동생이 있다고 그려보는 것이 나에게는 더 와닿는 방법이었다. 내가 아끼고 보호해야 하는 어린 동생을 나는 어떤 시선으로 바라봐야 할까. 그애에게 어떤 말을 해줘야 할까.

'오늘은 햇볕을 좀 받으러 산책을 나가볼까? 자도 자도 잠이 오나보네. 충분하게 자. 너에게 영양가 있는 음식을 해줄게. 조금 더 쉬어. 너는 쉬어야 돼.'

*

"잘 쉬어야 해." 나를 걱정하는 사람들은 그렇게 말했다. 그 말에 고마움을 느끼면서도 나는 쉰다는 것이 무엇인지 정확하게 이해하지 못했다. 내게 휴식이라는 건 '생업을 잠시 멈추는 것'이라는 소박한 개념이었다. 하지만 막상 의식적으로 쉬어보려고 하니 실천으로서의 휴식에 대해 아는 바가 없다는 걸 깨달았다.

나에게 휴식은 죄책감과 불안을 동반하는 단어였다. '남들은 고생하는데 나만 편한 건 잘못이다'라는 죄책감, 삶의 리듬을 잃고 도태될지도 모른다는 불안과 연결된 의미였다. 암에 걸려 수술을 받고 나서야 나는 나의 휴식을 '정당화'할 수 있었다. 거절도 쉬워졌다. '몸이 아파서 수술을 받고 쉬어야 해요'라고 말하는 것이 어렵지 않았다.

프리랜서로 살며 소모되지 않고 일하기 위해서는 매 순간 삶의 균형이 요구된다. 작가 생활 초기에는 일거리가 별로 없었기에 일이 들어오면 무조건 다 하려 했다. 그 이후로 일이 점점 많아졌는데도 여전히 다 받다보니 무리를 하게 됐다. 그렇게 몇 년 정도 과하게 일하고부터는 기준을 만들어서 일을 가려 받기 시작했다. 돌아보면 가려 받았다고 해도 내 에너지보다 더 많은 에너지를 요구하는 양이었다.

막상 마감일이 다가오면 내 깜냥을 모르고 일을 받았다는 생각과 함께 시간에 쫓기며 일을 하면서도 스케줄러에 공백이 있으면 당연하게 그곳을 채워넣었다. '쉬고 싶다'는 내면의 목소리는 듣지 않으려고 했다. 그렇게 무리해서 일하다보니 어느 순간 무기력이 일상을 덮쳤다.

휴식을 '아무것도 하지 않음'으로 정의한다면, 나는 휴식하는 시간에도 제대로 쉬지 않았다. 무기력할수록 인터넷에 접속해서 순간순간의 자극을 주는 짧은 영상들을 봤다. 인터넷 쇼핑을 하고 달콤한 음식에 탐닉했다. 그러고 나면 당연한 수순대로 더 피곤해졌으므로 휴식을 취했다고 느낄 수 없었다. 그건 무기력하고 집요한 현실도피였고, 몰려드는 피로와 자괴감은 그러한 도피에 따른 비용이었다. 인터넷에 연결되어 있는 한 나는 한순간도 쉬는 상태가 아니었다. 손가락만 까딱하면 온갖 자극과 연결될 수 있었고 언제든지 그곳으로 도망갈 준비가 되어 있었으니까.

수술을 앞두고 예전에 같이 살았던 친구와 메일을 주고받았다. 우리는 스마트폰이 없었던 그 시절이 그립다는 이야기를 나누었다. 그때는 여유 시간이 생기면 친구는 그림을 그렸고 나는 엽서나 편지를 쓰곤 했다. 집에서는 인터넷이 잘 안 돼서 인터넷을 쓸 일이 있으면 집에서 한참 떨어진 맥도날드에 가야 했다. 와이파이라는 개념도 생소하던 때였다. 모든 것은 상대적이어서 지금 기준으로 보면 그때는 많은 것이 불편했지만, 당시에는 그것이 삶의 당연한 조건이었다. 그때의 나는 시간을 더 풍요롭게 느꼈던 것 같다. 그 감각을 되살리고 싶었다.

이번에 내가 시도한 휴식에는 이런 것들이 있었다. 일어나서 한 시간 정도는 스마트폰을 하지 않기, 눈에 보이는 곳은 되도록 어질러두지 않기, 아무것도 듣지 않고 산책하거나 천천히 달리기, 자연을 보고 듣고 냄새 맡기, 손으로 일기 쓰기, 밤에는 전화기 꺼두기, 저녁 일곱시 이후에는 몸이 쉴 수 있게 공복을 유지하기, 층고가 높은 카페에 가서 차 한 잔을 음미하기, 책 읽기, 타인과의 사이에 선선한 바람이 불 수 있는 공간을 만들기, 고양이들과 교감하기, 자정 전에는 잠자리에 들기…… 그리고 지금 이 글을 쓰는 일도 내게는 휴식으로 느껴진다.

이번에 내가 실천한 휴식은 내가 온전히 나 자신으로 존재하는 상태를 의미했다. 휴식은 내가 아닌 모습으로 가장한 상태를 견디지 않아도 될 자유이기도 했다. 거기에는 지속적인 긴장도, 누군가가 내게 원하는 배역도, 억지로 지어야 하는 표정도, 나를 그저 소모하고 소비하는 자극도, 가짜 위안도 없었다.

휴식 속에서 나는 나의 숨을 느끼고 봄의 라일락 냄새를 맡고 목소리가 작은 새의 소리에 귀를 기울인다. 개울에 빼곡히 내려앉은 하얀 벚꽃잎을 바라보고, 그것이 개울가의 바위에 붙어서 연한 분홍색으로, 짙은 분홍색으로 색을 바꾸다 사라지는 과정을 지켜본다. 다 똑같아 보이는 까치도 어떤 아이는 유독 몸이 작고 어떤 아이는 유난히 힘이 넘친다는 것을 알아챈다. 어떤 강아지는 자꾸만 뒤를 돌아 주인을 확인한다는 것도, 어떤 어린아이는 한 발 한 발 걸을 때마다 자신이 느끼는 기쁨을 감추지 못한다는 것도 알게 된다.

이 글을 쓰는 오늘은 5월의 봄비가 내리고 있다. 이 비가 그치면 늦봄은 하루하루 그 온도를 높여갈 것이다. 여름이 오고 곧 가을이, 그리고 겨울이 오겠지. 지금의 나는 그것 말고는 아무것도 예상할 수 없다. 나는 손으로 종이에 이렇게 적는다. 어떤 변화가 오든 가슴을 열고 맞이하기를. 조바심내며 지금의 소중함을 내팽개치지 않기를. 작은 순간들을 음미하는 법을 배우기를. 천천히, 더 천천히……

혼자 사는 연습

나는 칠 년째 혼자 살고 있다. 혼자 살고 글쓰는 일을 하다 보니 대부분의 시간을 혼자 보낸다. 일인 가구가 늘어나고 있다고는 하지만 혼자 살면서 혼자 일하는 사람을 찾기는 어려운 것 같다. 혼자 살며 혼자 일하는 삶. 이 삶의 방식이 평범하고도 평범하지 않다고 느낀다.

세상에는 다양한 종류의 독거인이 있다. 혼자 사는 삶이 가장 잘 맞아서 그렇게 사는 사람이 있는 한편으로 가족을 잃거나 멀리 이주하면서 선택의 여지 없이 혼자 사는 사람도 있다. 나는 자발적으로 독거를 선택했지만, 애초부터 혼자 살고 싶었던 건 아니었다. 아주 어린 시절부터 수십 년 뒤 이혼을 결심하기 전까지 내가 꿈꿨던 미래에는 아이를 낳거나 입양하여 양육하는 모습이 언제나 존재했다. 나는 또래 친구들보다 조금 이른 나이에 결혼을 하기도 했다.

어떤 사람들은 왜 남들보다 일찍 결혼할까. 아이가 생겨서, 돈을 합치면 더 나은 주거환경에서 살 수 있어서, 원가족으로부터 멀어지기 위해서, 자기 의지로 가족을 선택하고 싶어서, 배타적인 관계에 대한 욕구 때문에, 결혼이라는 제도가 진실한 사랑을 증명하는 형식이라는 낭만적인 믿음 때문에, 보수적인 가치관을 지닌 가족의 압력에 밀려서, 혹은 단순히 사랑해서.

얼마 전, 한 친구가 내게 물었다. 왜 그렇게 한 사람과 길게 연애를 하고 또 이른 결혼을 했는지. 나는 담담하게 말했다. 그 사람과 헤어지면 다시는 아무도 만나지 못할 것 같았다고. 누구도 나를 진지한 연애 대상으로 여기지 않을 거라고 믿었다고. 이십대의 나는 진실로 그렇게 믿었지만 내 입으로 말을 뱉고 나니 그 시절의 내가 얼마나 왜곡되고 건강하지 못한 자기 인식을 지니고 있었는지 새삼 놀라웠다.

친구와 헤어지고 집으로 돌아오는 길에 나는 일찍 결혼한 다른 부수적인 이유도 떠올렸다. 그때의 나는 무보증금의 '잠만 자는 방'을 전전하느라 자주 아팠고 한 단계라도 더 나은 주거환경에서 살고 싶었다. 아무것도 이룬 것 없는 삶에서 결혼이 하나의 변명거리가 될 수 있다고도 생각했다. 그리고 막연히 아이가 있는 삶을 꿈꿨다.

이혼을 선택한 내가 관용이 없고 비정한 사람이라고 비판한 이들도 있었다. 하지만 신의가 사라진 관계를 껍데기만 붙잡고서 유지하고 싶지 않았고 그럴 수도 없었다. 나는 그보다는 나은 삶을 살 권리가 있었으니까. 긴 시간이 지난 지금, 나는 담담하게 인정한다. 과정은 지난했지만 이혼은 내 인생의 가장 가치 있는 선택이었다고.

전남편이 집을 나가고서 나는 이사를 가기 전까지 그 집에서 백 일을 혼자 살았다. 전남편을 유독 따르던 미오가 백 일 내내 현관문 앞에서 울었지만 미오가 올 때를 제외하고는 대체로 정적 속에서 시간이 흘러갔다. 전남편의 책장이 사라진 자리는 텅 비어 보였고 밤에 혼자 누워 있으면 내 옆에 사람이 없다는 낯선 감각 때문에 잠이 잘 오지 않았다. 외출했다 집으로 돌아갈 때면 집에 사람이 없다는 사실이 무서웠다.

이사간 집은 서향이었다. 하지만 이전 집보다는 훨씬 밝았다. 이전 집은 해가 잘 들지 않아 화초들이 쉽게 죽었고 현관문을 열면 실내외의 밝기 차이 때문에 눈을 뜨기가 어려웠다. 이파리도 하나 없이 겨우 살아만 있던 화초가 새집으로 이사 온 지 얼마 되지 않아서 얇고 보드라운 연둣빛 이파리를 틔워 냈다. 나는 거실에 앉아 늦은 오후의 햇볕을 받으며 작은 행복을 느꼈다.

겨우 재조립한 일상에 적응해나갈 무렵 코로나 팬데믹이 시작됐다. 카페에 머무를 수 없었고 작업하러 가던 도서관도 잠정 폐쇄됐다. 처음에는 그 상황이 몇 달 가지 않으리라 예측했지만 일 년이 지나자 팬데믹이 끝나지 않을지도 모른다는 비관을 피하기 어려웠다. 독자 모임도 줌 미팅으로 대체됐고, 가까운 친구들과도 줌에서 만나 이야기했다.

그때 나는 내가 어딘가에 연결되어 있다고 느끼고 싶었다. 내가 세상에 뿌리내려 있다는 것을 실감하고 싶었다. 물리적으로 다른 사람을 만나지 못한 채로 홀로 지내야 하는 상황이 힘들었다. 나는 나의 오만함을 돌아봤다. 어려서부터 혼자 시간을 잘 보낸다는 걸 자랑스럽게 생각했던, 작가라는 직업이 왜 좋은지 누군가 물으면 '혼자서 하는 일'이기 때문이라고 대답했던 나의 오만함을.

아무리 혼자서 잘 지내는 사람이라고 하더라도 타인과의 일상적인 접촉 없이 몇 달을 홀로 있으면 한계가 오기 마련이다. 좋은 글을 쓰기 위해서는 집중할 수 있는 혼자만의 시간과 공간이 필요한 것이 사실이지만 현실의 인간보다 내가 만든 허구 속 인물들과 더 많은 시간을 보내다보니 진짜 사람이 그리웠다. 나는 내가 작가로 살아가기 위해서 버려야 했던 것들을 무력하게 바라봤다.

한때 나는 글쓰는 일을 제대로 하기 위해서는 외로움을 넘어 고립까지도 감수할 수 있다고 생각했다. 하지만 팬데믹이 길어지자 내가 사람을 좋아하는 사람이라는 걸 새삼 깨달았다. 사람들과 일상을 나누고 함께 웃고 이야기하던 시간이 그리웠다. 오래전 한국어 강사로 일했을 때 동료 선생님들과 함께 교무실에서 점심을 시켜 먹던 사소한 순간조차도 그리웠다. 마치 나 자신이 아무도 오가지 않는 뒤뜰에 우두커니 엎드려 있는 개가 된 기분이었다. 팬데믹으로 가족과 친구, 일자리와 삶의 기반을 잃은 사람의 고통에 비한다면 이런 고립감은 아무것도 아니라는 걸 알면서도 그랬다.

나는 팬데믹이 거의 끝나갈 무렵 코로나에 처음 걸렸다. 코로나는 노출된 바이러스의 양이나 여러 조건에 따라서 감염 증상이 다양하다고 하는데 내 경우에는 고열과 오한, 미각의 변화, 울렁거림, 무엇보다 구토가 주된 증상이었다. 음식을 생각하기만 해도 구역질이 나서 일주일 동안은 제대로 된 식사를 하지 못했다.

며칠간 위액이 나올 정도로 심하게 토하다보니 깊은 우울감이 찾아왔다. '혼자 살면서 아프면 서럽지' 같은 말을 흘려듣곤 했는데, 막상 그런 상황이 되니 외로웠다. 몸과 마음은 분리되어 있지 않다는 걸 나는 그 시기를 지나면서 피부로 느꼈다. 평소에는 방어할 수 있었던 부정적이고 강렬한 감정이, 체력이 무너지자 기다렸다는 듯이 나를 장악했다. 그 어두움은,

대수롭지 않다고 여겼던 내 삶의 여러 문제가 사실은 치명적인 것이라고 내 몸을 짓밟으면서 주장하는 것 같았다.

'독거에는 홀가분함과 자유로움이 있다.' 이런 말이 가능하려면 아프거나 어려움에 부닥칠 때 도움을 구할 수 있는 사회적 지지가 필요하다. 그것이 꼭 혈연 가족이거나 파트너일 필요는 없지만 혼자 사는 사람 중에서 충분한 지지와 돌봄을 받는 사람이 얼마나 될까.

*

작가 게일 콜드웰은 생후 육 개월에 소아마비를 앓고 두 돌이 지나도록 걷지 못했다. 이후 소아마비 후유증에 따른 고관절 골관절염을 겪고 예순 살에 고관절 재건 수술을 받았다. 『어느 날 뒤바뀐 삶, 설명서는 없음』은 작가가 예순의 나이에 고관절 수술을 받은 뒤 다시 걷는 법을 익히는 시간을 그린다. 그녀는 "무엇보다 나는 희망과 희망의 부재 그리고 어떻게든 살아가는 법에 관해 말하고 싶어 이 책을 썼다"*고 말한다. 나는 "어떻게든 살아가는 법"에 밑줄을 쳤다. 아무리 상황이 절망적이어도 하루하루 살아가기를 택하는 사람의 힘이 느껴졌

---

* 게일 콜드웰, 『어느 날 뒤바뀐 삶, 설명서는 없음』, 이윤정 옮김, 김영사, 2022, 31쪽.

기 때문이다. 작가는 이어서 이렇게 말한다. "희망이 내 주특기는 아니지만, 희망의 물리적 형태가 추진력이라면 나는 그걸 지녔다."*

그녀는 내가 두려워하는 일들을 지나왔다. 오십대의 육 년 동안 부모님, 가장 친한 친구, 반려견을 차례로 잃은 것이다. 그리고 예순에 들어서 큰 수술을 하고 고통스러운 재활 과정을 거쳐야 했다. 수술 후 육 주간은 허리를 숙일 수도, 몸을 비틀 수도, 운전을 할 수도 없었다. 누구에게라도 그렇겠지만 혼자 사는 사람에게 이런 상황은 재앙에 가깝다. 그녀는 말한다. "그러나 여기 나만 홀로 남았을지라도, 진실로 나의 주변에는 서로 연결된 힘이 둘러싸고 있었다."** 그녀는 '게일의 친구들'이라는 제목으로 목록을 작성해 자신의 상황을 그들에게 알린다.

이웃인 피터는 그녀가 회복할 때까지 그녀의 강아지 튤라를 매일 산책시키겠다고 나선다. 옆집에 사는 낸시는 매일 집에 방문해서 그녀의 생활을 돕는다. 이웃들은 집 앞에 라사냐, 수프, 닭고기 요리, 홈메이드 스무디를 가져다놓는다. 그녀를 돕는 건 가까운 친구들뿐만이 아니다. 수영장에서 같이 수영을

---

* 같은 책, 같은 쪽.
** 같은 책, 173쪽.

했던 사람들, 이십칠 년간 꾸준히 참석한 AA 모임*의 지지와
응원도 그녀에게 힘이 되어준다. 한 해 전에 고관절 치환술을
받은 친구 데이비드는 자주 전화를 걸어서 그녀의 상황을 확
인한다. 그녀는 혼자 사는 삶에 대해 이렇게 말한다.

오히려 고독 그 자체가 당신의 심장을 뻗어나가게 한다. 배
우자와 자녀들이라는 통상적인 완충장치가 없기에 그 너머에
있는 친밀함의 원을 향해 손을 뻗는다. 나는 수년간 이 차이
를 지켜봤다. 혼자 사는 사람은 각기 다른 층위와 종류의 애
착을 자신만의 중요한 이들과 형성한다.**

만약 이러한 도움이 없었다면 수술 이후 그녀의 삶은 전혀
다른 모습이 되었을 것이다. 혈연이나 법으로 묶이지 않고도
서로를 보호할 수 있는 사람들의 울타리. 하지만 세상에 이렇
게 운이 좋은 사람은 소수라는 생각을 했다. 나이들고 아프면
절대적인 고립 상태에 노출되기 쉽다는 사실도 떠올렸다. 사
회적 돌봄과 지지의 부재, 그로 인한 고립감을 견딜 수 있을

---

* 익명의 알코올중독자 모임(Alcoholics Anonymous). 자신뿐만 아니라 다른
알코올중독자들이 회복될 수 있도록 돕는 사람들의 모임으로 술을 끊고 싶다는
마음만 있으면 누구나 참석이 가능하다.
** 같은 책, 202~203쪽.

만큼 강인한 사람은 많지 않다. 호모사피엔스는 함께 사는 방식으로 진화해왔다. 타인과의 연결은 생존과 직결된다.

우리는 '가족만 있으면 된다'(혹은 '가족도 믿을 수 없다') '친구 같은 건 필요 없다' '인생은 혼자다' 같은 말을 금과옥조처럼 여기는 세상에 살고 있다. 처음부터 이런 주장에 동의한 사람은 드물었을 것이다. 누구에게나 사람을 믿고 마음을 열었던 시기가 있었겠지. 그러다 자신의 진심과 선의가 딱 그만큼의 배신과 실망으로 돌아온 경험이 누적되면서 마음을 닫게 되었을 것이다. 또는 처음부터 타인을 오로지 자신의 이익을 위한 착취의 대상으로 여기는 사람을 만나는 경우도 있다. 우리는 이제 서로를 두려워한다. 사람이 다른 사람에게 순수한 선의를 지니고 도움을 주는 존재라고 가정하기 어렵다. 누군가의 도움에는 분명히 감춰진 악한 의도가 있으며 인간의 이면이 얼마나 흉물스럽고 끔찍한 것인지에 대한 이야기를 주고받는다.

'인간은 애초에 다 별로야'라는 말은 일견 사실이고 삶을 살아가는 데 도움이 되기도 한다. 사람에게 실망하거나 상처받지 않을 수 있기 때문이다. 타인에게 지나치게 의존적인 건 건강하지 못한 태도이며 삶의 중심에는 자기 자신이 자리해야 한다. 하지만 인간이 인간으로 살아가기 위해 타인을 필요로 한다는 것은 부정하기 어려운 사실이다. 가까운 관계뿐만 아니라 느슨한 관계, 일시적인 관계까지도 한 개인의 사회적 안전망이 되어준다.

타인과의 관계가 별로 중요하지 않다고 말하는 사람은 본인이 가진 자원이 풍부한 경우가 많다. 건강하고 자기 집이 있고 문화를 향유할 능력이 있고 재정이 안정적이라면 그렇게 생각하기 쉬울 것이다. 하지만 상대적으로 약한 위치에 있는 사람이 진심으로 그렇게 생각하기는 어렵다. 아프고 나이들고 주거와 노동 환경이 불안정하고 가진 것이 없는 사람일수록 타인이 분명히 필요하기 때문이다. 사실상 모든 것을 자본으로 해결할 수 있는 사람이 '혼자서도 괜찮다'고 이야기하는 모습을 볼 때면, 그렇게 생각할 수 없는 사람의 삶을 떠올리게 된다.

한야 야나기하라는 소설 『투 파라다이스』에서 사회적 안전망이 완전히 무너져내린 디스토피아 사회를 그리면서 이렇게 썼다.

자신이 가장 사랑하는 사람들은 사실 같이 살기로 선택한 사람들이야—친구들은 도락이나 사치품이랄까. 친구들을 버려서 가족을 더 잘 보호할 수 있다면, 사람들은 순식간에 친구를 버려. 결국 선택이야. 배우자나 아이가 있다면 절대 친구를 선택하지 않아. 친구들을 잊고 계속 살아가고, 그렇다고 해서 인생은 조금도 불행해지지 않아. (……) 다른 사람으로 외로움을 완전히 없애버릴 수 없다는 것은 알아. 하지만 동반자가 방패라는 것도 알아. 다른 사람이 없으면 외로움은 유령처럼 창문 사이로 몰래 살며시 들어와 목구멍을 타고 내려와서 그 무엇도 해결해주지 못할 슬픔을 가득 채워놓지.*

이 소설이 그리는 디스토피아가 특별히 끔찍한 건 개인이 '핵가족' 안에서만 안전할 수 있다는 설정 때문이다. 이 소설 속 세계에서 함께 사는 사람이 없는 사람, 가족이 없는 사람은 그 어떤 안전망도 확보하지 못한다. 가족을 제외하고는 어떤 공동체도 가능하지 않은 사회, '내 가족'이 아닌 사람의 생명과 안전은 애초에 고려 대상조차 아닌 사회, 그리하여 혼자인 사람은 고립 속에서 죽어가야 하는 사회…… 이 소설은 극단적인 허구의 상황을 그리고 있지만 나는 이 이야기가 허구로만 느껴지지 않았다.

2024년 OECD가 조사한 '삶의 질 지수Better Life Index'**에 따르면 한국은 노인 빈곤율, 자살률이 OECD 국가 중 부동의 1위인 국가다. 특히 한국의 자살률은 약 이십 년간 OECD 국가 중 1위를 차지하고 있다. 또한 '나에게 문제가 있을 때 도움을

---

* 한야 야나기하라, 『투 파라다이스』 2권, 권진아 옮김, 시공사, 2023, 458~459쪽.
** https://www.oecdbetterlifeindex.org/

요청할 친척이나 친구, 이웃이 있는지'를 묻는 공동체 연대성 Quality of Support Network에 관한 질문에서 한국은 OECD 국가 41개 국 중 38위에 올랐다. 이러한 결과는 한국사회의 공동체 부재 와 연대의 취약성을 보여준다. 한국사회는 돌봄에 대한 국가 의 역할을 상당 부분 가족 구성원에게 부담시키는 경향이 있 다. 이런 상황에서 '정상 가족'이 부재하거나 가족의 존재가 도리어 위협이 되는 사람은 삶의 안전을 보장받기 쉽지 않다.

한국 사람들의 얼굴에서 미소를 발견하기 어려운 이유, 사 람 사이의 기본적인 신뢰가 붕괴된 이유는 개개인의 문제가 아닐 것이다. 불안정한 노동환경, 과도한 경쟁, 긴 노동시간, 쉽게 판단하고 서로 비교하는 문화, 사람을 급으로 나누는 사 회적인 분위기, 실패를 만회하기 힘든 구조…… 우리는 이 사 회에 생존하고 적응하기 위해서 최선을 다했을 뿐이다. 결과 적으로 지치고 외롭고 두렵게 되었지만.

공동체의 부재가 한국사회의 문제라면서 과거를 그리워하 는 사람도 있다. 명절에 다 같이 모여서 음식을 하고 성묘를 가며 '하나가 되는' 경험을 이야기하는 사람들 말이다. 그들 은 지나친 '개인주의'가 문제라고 비판하기도 한다. 당연한 이 야기이지만 건강한 공동체는 개개인을 존중할 때 비로소 가능 해진다. 한국의 옛 '공동체'가 얼마나 많은 소수자를 배제하고 여성의 노동력을 착취하며 기능했는지 생각해본다면 알 수 있는 일이다. 누군가의 희생과 침묵을 영양분으로 삼는 집단주의적 공동체는 오래가지 못할 기만에 뿌리를 뒀다. 사람은 사람을 필요로 하지만 상호적이지 않은 관계는 누군가의 살을 취해 배를 불리는 일밖에 되지 않는다. 나답게 사는 것이 중요하다는 사실을 깨달은 사람들은 그런 과거로 다시 돌아갈 수 없다.

그렇다면 이제 우리는 어떤 사회적 안전망을 꾸려나가야 할까. 개인에 대한 돌봄을 혈연 가족에게 떠맡기는 가족주의적 법과 제도는 이제 그 기능을 상실하고 있다. 가족의 형태가 분화하고 확장함으로써 '정상 가족' 테두리에 속하지 않는 경우가 늘고 있기 때문이다. 과거의 '가족' 개념으로는 그 바깥의 현실을 감당할 수 없다.

2023년 4월 26일, 국회 최초로 기본소득당 용혜인 의원이 생활동반자법을 발의했다. 이어 같은 해 5월 31일에는 정의당 장혜영 의원이 가족구성권 3법을 대표 발의했다. 가족구성권 3법은 동성혼을 법제화하는 '혼인평등법(민법 일부 개정 법률안)', 비혼 출산을 지원하는 '비혼출산지원법(모자보건법 일부 개정 법률안)', 혼인·혈연 관계가 아니더라도 주거와 생계를 공유하는 성인 일인을 가족으로 인정하는 '생활동반자법'으로 이루어져 있다.*

여기서 더 나아가 자신이 의지하는 동반자를 '연대인'으로 지정하여 실질적인 보호자로 인정하는 '연대인 제도'를 마련할 것을 주장하는 이들도 있다. 가족구성권연구소의 주장에 따르면 연대인에게는 의료결정권, 연명치료결정권, 가족돌봄휴가, 강제입원이나 강제수용 등의 상황에서 법원에 구제 신청할 수 있는 권리, 재난 및 안전관리 기본법 등의 권리가 보장된다. 연대인에게는 또한 세대를 구성할 권리와 공공주택 정책에 지원할 수 있는 권리, 임대차보호법에서 시민으로 보호받을 수 있는 권리가 주어진다. 지금의 가족제도 안에서 보호받지 못하는 동반자 관계의 실질적인 권리를 보장받게 되는 것이다.**

삶의 고비마다 법적으로 지지해줄 수 있는 생활동반자나 연대인이 있다면 삶의 불확실성이 위험으로만 다가오지 않을 것이다. 수술 동의서를 써야 할 때처럼 법적 보호자가 필요한 순간, 나의 동반자가 법적 권리를 갖지 못해 아무것도 할 수 없는 상황이 있어서는 안 된다.

혼자 사는 사람에게는 자신이 사는 지역에서 사회적 안전망을 확보하는 일 또한 중요하다. 내가 사는 지역에는 '살림의료

---

* 「'무지갯빛' 환호받은 가족구성권 3법, 장혜영·김예지·강민정 등 공동발의」, 민중의소리, 2023. 5. 31.

** 김순남, 「'가족' 없어도 고립되지 않고 존엄하게 살 수 있는 사회」, 일다, 2023. 7. 12.

복지사회적협동조합'(이하 살림조합)이라는 이름의 의료협동
조합이 있다. 여성주의 건강관을 기반으로 지역 주민들이 스
스로 조직한 협동조합으로, 의료·복지·돌봄 기관을 만들어 운
영한다. 2025년 7월 기준으로 조합원은 4,960명이며 일반 의
원, 치과, 정신과, 산부인과, 한의원, 데이케어 센터, 방문 요
양, 재택 의료 서비스를 제공한다. 살림조합은 의료 조합일 뿐
만 아니라 지역공동체이기도 하다. 다양한 자원 활동, 취미활
동, 운동과 외국어를 배우는 모임이 있으며 신입 조합원 교육
과 환영 파티를 열고 공동체가 지향하는 가치를 넓히려고 노
력한다.

　살림조합의 공동 창립자 추혜인은 대학교 1학년 때 성폭
력상담소에서 자원 활동을 하다가 "성폭력 피해자의 입장에
서 진료해줄 의사가 한 명이라도 있었으면 좋겠다"는 말을 듣
고 진로를 변경하여 의과대학에 진학한다. 대학 시절 여성주
의 운동에 몸담으며 여성주의적 가치를 추구하는 의료협동조
합을 계획하고 2012년 실행에 옮긴다. 그 과정에 대한 가슴 뭉
클한 이야기는 그녀의 책『왕진 가방 속의 페미니즘』에서 읽을
수 있다.

　그녀는 책의 말미에서 이렇게 말한다. "당신이 혹시 나의 진
료를 마음에 들어했다면, 그것은 내가 페미니스트 주치의이기
때문입니다. 살림의 조합원들이 자주 하는 말마따나, 페미니

즘만으로 건강한 세상을 만드는 것은 힘들지만 페미니즘 없이 건강한 세상을 만드는 것은 불가능합니다. 우리는 차별과 혐오가 얼마나 건강을 해치는지 잘 알기 때문입니다."[*]

살림조합은 조합의 지향을 담은 '살림 10원칙'을 만들어 배포했는데, 선포문의 일부를 여기에 옮긴다.

우리는 건강할 때 건강을 지키고 아플 때 기꺼이 돌봄을 주고받으며 삶과 죽음이 존엄할 수 있는 평등, 평화, 협동의 건강한 마을 공동체를 만들어가기 위해 모였습니다. 우리는 개인의 노력만으로는 건강할 수 없고 이웃이 함께 건강할 때 우리 역시 건강할 수 있다는 것을 압니다. 건강하고 존엄하게 살기 어려운 세상입니다. 하지만 우리는 우리 안에 있는 스스로 돕는 힘, 이웃을 도우려는 마음, 경쟁 사회에서도 협동과 호혜의 관계를 만들어가는 변화의 가능성을 믿습니다. 한 사람 한 사람이 건강의 주체가 되어 스스로 돌보고 서로 돌보는 사회, 의료복지가 전문적이고도 인간적으로 작동하는 사회는 가능합니다.[**]

---

[*] 추혜인, 『왕진 가방 속의 페미니즘─동네 주치의의 명랑 뭉클 에세이』, 심플라이프, 2020, 333~334쪽. 책 제목 그대로 살림조합은 스스로 거동하기 어려운 환자들에게 재택 의료 서비스를 제공하고 있기도 하다.

[**] 선포문 전문은 살림조합 홈페이지에서 확인 가능하다.

살림조합이 살림조합이기 전에, 나는 친구를 통해 몇몇 여성주의자가 의료협동조합을 계획하고 있다는 이야기를 들었다. 멋진 계획이지만 현실적으로 이루기 어려운 일이 아닐까 생각했던 기억이 있다. 하지만 소수의 사람은 비관으로 쌓아 올린 벽을 뚫고 나가서 자신의 꿈을 현실로 이루어낸다. 살림 의원에 가면 경계심을 내려놓게 된다. 의사 앞에서 비인간적인 대상이 되는 듯한 경험을 이곳에서는 겪지 않아도 된다는 걸 알기 때문이다. 살림조합이 있는 한 이 지역에서 나이들며 살아가고 싶다. 나는 모든 사람의 "삶과 죽음이 존엄"할 수 있기를 바란다. 누구도 고립된 채로 아프지 않기를 바란다. 그런 바람을 구체적인 실천으로 이뤄나가는 공동체가 있다는 사실만으로도 위안이 된다.

혼자 사는 사람들 또한 차별받지 않고 존엄하게 살아갈 수 있는 토대가 마련되어야 한다. 다양한 일인 가구가 가시화되고, 혼자 사는 사람들이 법과 제도에서 차별받지 않고, 건강할 때나 아플 때나 존엄하게 살아갈 수 있는 사회적 안전망이 필요하다. 이 사회를 살아가는 사람이라면 삶의 어느 지점에서 일인 가구의 삶을 살아갈 확률이 높다는 것도 기억해야 한다.

*

얼마 전 어떤 책을 읽다가 한 단락 앞에서 한참을 머물렀다.

하지만 그날 밤, 잠자리에 누워 있자니 누군가에게 안기고 싶은 마음에 등이 시려왔다. 스스로를 책망했다. *넌 괜찮아야 해. 넌 혼자 있는 게 괜찮아야 해.* 누군가를 원하는 것은 평생에 걸친 학대를 다시 내 삶에 끌어들이는 것처럼 느껴졌다. 유일한 해결책은 끊임없는 활동으로 나 자신을 방어하는 것이었다.[*]

"넌 괜찮아야 해. 넌 혼자 있는 게 괜찮아야 해." 이 구절을 읽으면서 나는 내가 나를 속여왔다는 걸 인정했다. 그건 나도 모르게 오래도록 스스로에게 강요했던 마음이었다. 나는 늘 '혼자 있는 게 더 좋아'라고 생각했다. 하지만 정말 그것뿐이었을까.

'그래도 다른 사람 때문에 끔찍한 것보다는 이편이 훨씬 나아.' 나는 나를 위로하며 그렇게 말하곤 했다. '너는 온전히 혼

---

[*] 에미 닛펠드, 『슬픔의 파도에서 절망의 춤을―정신병동에서 하버드로, 삶의 가장자리에서 살아남은 여성의 간절한 고백』, 이유진 옮김, 위즈덤하우스, 2023, 506~507쪽.

자되는 일에 익숙해져야 해. 잘하고 있어.' 그건 격려를 위장한 체념이자 확신에 가득찬 방어의 목소리였다. 누군가와 친밀해지는 일이 깊은 상처 없이 나에게 주어지리라고는 믿을 수 없었기 때문이다. 방어만이 스스로를 지키는 길이라는 무의식이 어떻게 생겨났는지 이해하기에 나를 탓하고 싶지는 않다. 다만 이제는 내가 조금 더 유연해지고 덜 두려워하기를 바랄 뿐이다. '혼자 있어도 좋아'와 '혼자 있는 게 괜찮아야 돼'는 전혀 다른 말이니까.

영화에서, 드라마에서, 여러 서사 장르에서 나는 로맨틱한 관계가 인간의 근본적인 공허를 완벽히 채워주는 장면을 보며 자랐다. 여러 우여곡절에도 불구하고 결과적으로는 로맨틱한 관계를 통해 감정적 허기가 해소되고 삶의 의미를 부여받는 모습을. 내가 어린 시절부터 '미래의 내 아이'에 대한 환상에 몰두했던 것도 비슷한 이유에서였다. 아이가 있다면 공허함이 채워지고 내가 완전히 다른 사람이 될 수 있다고 믿었다. 이런 믿음이 근거가 있는 것이라면 타인과 로맨틱한 관계를 맺고 있는 사람, 아이의 부모는 모두 인간의 근본적인 외로움과 무관한 사람이어야 한다.

누군가를 사랑하고 누군가에게서 사랑을 받을 때 외로움의 무게가 줄어드는 건 사실이다. 사랑으로 채워지는 순간순간의 충만 또한 존재한다. 하지만 외로움은 타인의 존재'만'으로는 해결되지 않는다. 더 나아가 근본적인 외로움은 절대 사라지지 않으며 삶이 끝날 때까지 지속될 것이다. 그러니 그것과 더불어 사는 법을 배워나가야 한다.

"혼자 살아서 외롭지 않아?" 그런 질문을 받을 때면 나는 내가 외롭다는 사실을 인정한다. 나는 외롭다. 하지만 혼자 살아서 외로운 건 아니다. 나는 타인과 함께 살아도 더 깊이 외로울 수 있다는 걸 안다. 괴로움이 더해진 외로움은 비참하기까지 하다는 것도. 적어도 지금 나의 외로움에는 비참함이 없다.

요즘 나의 외로움은 그럭저럭 견딜 만한 익숙한 한기寒氣 같다. 겨울에 창문을 열어 틈틈이 환기해야 하는 것처럼, 적당한 외로움은 정신을 깨우는 역할을 하기도 한다. 외로움이 찾아오면 나는 그 감정이 들어오도록 가만히 문을 연다. 반갑지 않은 손님이지만, 손님은 손님이다. 그럴 때면 나는 담요를 두르거나 따뜻한 차를 마시는 것처럼 외로움과 함께할 수 있는 일을 한다. 외로움은 어디에나 존재한다. 혼자'여서' 외로운 것은 아니지만 혼자'여도' 외로울 수 있다. 함께'여서' 외로운 건 아니지만 함께'여도' 외로울 수 있듯이.

며칠 전, 밤길이 어두운 우리 동네를 운전해 들어오면서 평온함을 느끼는 나 자신을 발견했다. 그리고 처음 혼자 살기 시작했을 때를 떠올렸다. 그때는 동네로 진입할 때면 쓸쓸함과 고립감을 느꼈고 그런 감정이 영원할 거라고 믿었다. 하지만 이제는 어두운 밤길을 운전할 때 오히려 마음이 이완되는 걸 느끼기도 한다.

준비도 없이 갑작스럽게 시작된 혼자 살기에는 적응의 시간이 필요했다. 혼자 산다는 건 내가 나와 친해지고 나를 알아가는 과정이기도 했다. 누군가와의 관계 안에서 자신을 발견하는 것처럼, 오로지 혼자 있을 때만 발견할 수 있는 내 모습 또한 존재했다. 그럴 때면 '그렇구나'라고 생각했다. 그게 옳고 그르고 나쁘고 좋고를 떠나서 그저 '그렇구나'라고. 모든 감정은 결코 영원히 지속되지 않는다는 걸, 오래 걸리더라도 결국은 지나간다는 사실도 알게 되었다.

가끔은 내가 살아보지 못한 삶을 떠올리곤 한다. 그곳에는 어린 시절부터 꿈꿨던 '나의 아이'가 있다. 나는 그애를 보며 상실감을 느끼면서도 지금의 삶을 그 삶과 바꾸고 싶지는 않다고 생각한다. 외로움이라는 한기가 깃들 때, 타인과 나눌 수 없는 감정으로 마음이 힘들 때도 나는 지금 이 순간에 집중하려고 한다. 현재의 내 삶은 과거의 수많은 내가 아파하고 애쓰고 힘을 내어 살아왔기에 가능하다는 걸 알기 때문이다.

초등학교 3학년 때 나는 내 장래 희망을 '엄마'라고 말했다. 미래에 내 아이가 생기면 아이가 한시도 외롭지 않도록 곁에 있어주고 싶다고 생각했기 때문이었다. 그때는 몰랐지만, 나는 그저 그런 아이이고 싶었던 것 같다. 사랑받고 싶은 욕구를 가슴 깊은 곳으로 꾹꾹 밀어넣으면서, 언젠가 사랑을 많이 주는 어른이 될 거라고 마음먹은 아이. 사랑을 주면 사랑을 받는 것과 비슷한 따뜻함을 느낄 수 있다는 걸 알아서였을까.

'너에게는 아이가 없을 거야.' 나는 친구들 앞에서 장래 희망을 발표하는 어린 나를 보며 말한다. '하지만 네가 주고 싶어하는 사랑은 사라지지 않았어. 너는 어떻게든 사랑하려 해. 그리고 계속 나아갈 거야. 혼자서. 가끔은 함께. 다시 혼자서……'

못생겼다는 느낌

몇 년 전 북토크 행사를 하러 갔을 때의 일이다. 행사를 기다리며 사회자와 그 행사를 준비한 어느 시인과 함께 이야기를 나누는 중이었다. 시인이 내게 말했다. "나는 글 못 쓰는 작가한테 글 잘 쓴다고 말하지 않고, 예쁘지 않은 여자한테 예쁘다고 말하지 않아. 그래서 내가 너한테 예쁘다고 안 하는 거야."

나는 대답하지 않고 그를 차갑게 바라봤다. 곧바로 내 반응을 살핀 사회자가 "야, 그렇게 말하면 안 되지"라며 어색하게 웃었다. 시인도 자신이 실수한 것을 알아챈 눈치였다. 그것으로 잡담은 종료되었다. 행사가 끝나고 나서 사진 촬영이 있었다. 단독 사진을 찍고 있는데 시인이 내게 말했다. "예쁘다!

예쁘다!"

나는 정리되지 않은 감정을 안고서 행사장을 나선 뒤 시인에게 문자를 보냈다. 나는 오늘 행사에 작가로 초대받아서 간 거라고. 그런 자리에서 외모 평가를 들으니 기본적인 존중을 받지 못한 기분이 든다고. 앞으로는 그런 일이 없기를 바란다고.

그 시인과는 그날 두번째로 본 것이었고 개인적인 사이는 더더욱 아니었지만, 그는 공적인 자리에서 만난 사람을 '너'라고 부르며 자연스럽게 외모 평가의 대상으로 삼았다. 그는 말을 뱉은 후 자신의 실수를 깨달은 듯 보였는데 사실 그조차도 제대로 된 이해는 아니었다. 사진을 찍는 나에게 연신 '예쁘다'고 말하는 모습을 보며 나는 더 암담해졌다.

'예쁘지 않다는 평가를 받아서 상처를 받았구나. 그래, 예쁘다고 말해줄게. 마음 풀어.'

'예쁘다'라는 말은 그래서 내게 모욕으로 다가왔다.

몸과 얼굴에 대한 평가는 타인에게 효과적으로 타격을 줄 수 있는 도구다. 타인을 외적 대상으로 축소시켜서 무력감을 주거나 통제할 수도 있다. 내가 작가로 초대받아 간 자리에서 '너는 예쁜 여자가 아니야'라는 말을 들었을 때 느꼈던 모멸감은 그런 것이었다. 내가 어떤 글을 쓰든 그와 무관하게 나는 외모로 평가받을 수 있는 대상이라는.

중요한 건 그런 무례함을 겪은 후의 내 마음이었다. 그가 외모를 평가했을 때 나는 최대한 차가운 모습을 보이려고 노력했다. 대꾸할 가치가 없는 말이며, 당신이 실수했다는 것을 분명히 느끼도록 하고 싶었다. 내 기분을 살피는 사회자를 보면서 마음은 더 불편해졌다. 내가 그런 말을 듣는 순간을 누군가가 목격했다는 사실이 괴로웠다. 나를 걱정스레 바라보는 사회자의 눈빛이 닿자 얼굴이 붉어졌다. 다시 십대 시절로 돌아간 기분이 들었고 그 자리에서 사라지고 싶었다. 누군가에게 외모로 평가받는다는 건 내게 언제나 고통스러운 일이었다.

외모에 대한 자의식을 갖기 시작한 것은 아주 어린 시절이었다. 어릴 때 나는 윗입술의 가운데 부분이 도드라지게 튀어나온 상태였는데, 어른들은 걱정스럽게 나를 보면서 그 부분을 성형해야 할지 말지, 입술이 계속 이런 모양으로 유지될지 변할지에 대해 이야기를 나누곤 했다. 시간이 지나 입술 부분이 크게 눈에 띄지 않게 되자 이번에는 '이 부분이 예전에 문제가 있었던 자리'라는 이야기를 했다. 아주 어린 시절이었지만 나는 내 입술이 '정상적이지 않다'는 느낌을 받았다. "은영이는 싱겁게 생겼지." 어른들은 어린 내게 그렇게 말하곤 했다. 싱겁게 생겼다는 것이 구체적으로 무슨 뜻인지는 알 수 없었지만 좋은 의미가 아니라는 것은 느낄 수 있었다.

초등학교에 다닐 때 내 고민은 얼굴이라기보다는 작은 체구에 있었다. 초등학교 6학년 생활통지표에 따르면 그때 내 키는 백삼십사 센티미터, 몸무게는 이십구 킬로그램이었다. 나는 언제나 반에서 가장 작은 아이 그룹에 들었고, 일 년에 한 번씩 허약 어린이 대상 건강검진을 받아야 했다. 허약 어린이는 반에서 두 명이 뽑혔는데, 담임교사의 판단으로 뽑히는 경우도 있었지만 반 아이들에게 의견을 묻는 경우도 있었다. 나를 가리키던 아이들의 손가락과 그애들의 얼굴에 어린 웃음으로 인해 나는 부끄러웠다. 몸을 씻을 때면 거울을 보지 않았다. 살갗 위로 드러나는 갈비뼈가 보기 거북했기 때문이었다.

초등학교 5학년 때, 다른 반 여자아이가 나를 마주칠 때마다 밀어서 쓰러뜨리거나 발로 차곤 했다. 4학년 때 우리 반으로 전학 온 아이였는데 나름 친한 사이였다. 나는 가까웠던 그애가 갑자기 나를 때리기 시작했다는 현실을 쉽게 받아들일 수 없었다.

하루는 그애에게 심하게 맞았다. 나도 더는 참을 수가 없어 맞서려고 했지만 힘에서 밀려 아무것도 할 수 없었다. 나는 저항했다는 이유로 더 맞았다. 그때 배에서 느껴지던 아픔과 몸이 종이처럼 날아가던 느낌을 잊을 수 없다. 내가 나를 방어할 수 없다는 무력감, 아무도 나를 도와주지 않는 현실…… 더 살고 싶지 않다는 기분이 들었다. 나는 오래 울다 화장실에서 세수하고는 피아노 학원에 들렀다가 버스를 타고 집에 갔다. 다른 사람들이 그 일을 알게 하고 싶지 않았기에 울지 않으려고 노력했다.

집에 도착하자 엄마가 걱정스러운 표정으로 물었다. "너 오늘 누구한테 맞았니? 우리집에 너희 반 애가 전화를 했었어." 아무에게도 알리고 싶지 않았는데, 엄마가 안다고 생각하니 마음이 내려앉는 기분이 들었다. 이유 없이 맞는 것만큼이나 고통스러운 건 그 사실을 부모님이 알게 되는 것이었다. 나는 별일 아니라는 듯이 축소해서 이야기를 했다. 내가 아무 이유도 없이 맞고 다닌다는 사실을 부모님이 알게 되는 게 숨이 막힐 정도로 부끄러웠기 때문이다.

작고 마르고 힘이 없는 몸으로 어린아이들 사이에 있다는 것은 그런 의미였다. 매 순간 나 자신의 취약함을 의식할 수밖에 없었다. 내 몸은 그렇게 내게 수치심을 주는 존재였다. "얘는 왜 이렇게 작아요? 왜 이렇게 말랐어요?" "너는 다리 사이가 붙지 않아서 예쁘지가 않네. 미스코리아에 못 나가겠어." 그런 말을 하는 어른들 앞에서 나는 내 존재가 아름답지 않으며 모자라고 결함투성이라는 느낌을 깊이 새겼다. 누군가가 나를 바라보는 시선을 의식하게 됐다. 그것이 내 외모에 대한 고통스러운 자의식의 시작이었던 것 같다.

*

   '나는 너무 못생겼어.' 거울을 보며 '아름다움'의 기준에 부합하지 못하는 나의 이목구비를 뚫어져라 바라보게 된 것은 자연스러운 일이었다.

   얼굴에 대해 또래 애들에게 평가받기 시작한 건 중학교 2학년 때쯤부터였던 것 같다. 눈, 코, 입의 모양에 대한 평가와 내가 아름답지 않은 이유를 들은 건. 그리고 그 평가는 내 가슴속에 그대로 각인되었다.

   그 시절 나의 가치는 크게 세 가지 요소에 의해 결정되었다. 첫째, 성적. 이것은 부모님의 인정과 직결되는 것이었다. 사랑까지는 아니더라도 내 존재에 대해 인정받고 싶었다. 둘째, 친구와의 관계. 누구에게 얼마만큼 호감을 사고 잘 어울리느냐가 중요했다. 같은 공간에서 긴 시간을 함께 보내는 만큼 친구들과의 관계가 그 무엇보다도 중요하게 느껴졌다. 셋째가 외모였다. 아이들은 예쁜 아이들을 좋아했다. 예쁜 아이들은 아무 노력도 하지 않고 칭찬받는 것처럼 보였다. 나 또한 내가 예쁘다고 여기는 아이들에게 이유 없이 호감이 갔다. '예뻐야지 사랑받을 가치가 있구나.' 나는 무의식적으로 그런 믿음을 가졌던 것 같다.

   십대의 나는 그런 요소들로 내 가치를 확인하고자 했다. 타인의 시선으로 나를 바라보며 설명하기 어려운 수치심을 느꼈다. 누군가 '최은영을 아세요?'라고 물으면 모르는 사람이라고 주장하고 싶었다.

그즈음 아이돌 문화가 크게 유행했다. 여자 아이돌의 사진이 실린 잡지를 보면서 아이들은 한마디씩 자신의 의견을 이야기했다. 아이돌 그룹 안에서도 외모로 등수를 정했다. 자신들의 기준에서 예쁘지 않은 여자 아이돌에게는 거침없는 평가를 쏟아냈는데, 나는 그 말을 조심스럽게 마음에 주워 담았다. "얘는 눈이랑 눈 사이에 주먹이 들어가겠다." 누군가 그 말을 했을 때 나는 처음으로 나의 '평균보다 넓은' 미간을 의식했다. 물끄러미 거울을 바라보자 예전에는 눈에 띄지 않았던 넓은 미간이 거슬렸다. "얘는 콧볼이 왜 이렇게 커?" 아이돌을 향한 말이었지만 나는 거울 속 내 코의 생김새를 불편한 마음으로 바라보기 시작했다.

"너는 이마가 넓어서 앞머리로 가리고 다녀야 돼." 그런 말을 듣고부터는 이마를 어떻게든 가려야겠다는 생각이 들었다. "넌 어쩜 그렇게 눈이 작아? 안경 때문인가?" 그런 얘기를 들었을 때도 상대가 무례하다는 생각보다는 내가 한없이 작아지는 느낌만이 나를 가득 채웠다.

고등학교에 가고부터는 거울을 더 자주 봤다. 내가 그때 거울 속에서 발견한 건 조각조각 난 기괴한 얼굴, 결점만으로 조합된, 당장 뜯어고쳐서 해결해야 하는 문제 덩어리였다. 그즈음 몇몇 아이가 쌍꺼풀 테이프를 눈두덩이에 붙이거나 물풀을 묻힌 실핀으로 쌍꺼풀을 만들었다. 그렇게 하다보면 자연스럽게 쌍꺼풀이 생겨서 눈이 커진다고 했다. "너는 눈이 튀어나왔고 눈두덩이에 살도 많아서 쌍꺼풀이 안 생길 거야." 내게 실핀으로 쌍꺼풀을 만들어준 친구가 말했다. "근데 봐봐. 쌍꺼풀만 생겨도 얼굴이 훨씬 나아지잖아." 나는 쌍꺼풀이 생긴 거울 속 내 얼굴을 바라봤다. 예쁘지는 않았지만 친구들의 말처럼 원래의 내 모습보다는 나은 것 같았다.

"여자는 눈이 중요하고 남자는 코가 중요하대." 아이들은 그런 이야기를 했다. "나는 나중에 우선 눈을 찝을 거야." 인터넷이 넓게 보급되지 않은 때여서 나는 아이들의 이야기를 통해 정보를 받아들였다. 수술 방법으로는 절개법과 매몰법이 있고, 쌍꺼풀 모양은 인라인과 아웃라인이 있다. "나는 매몰법으로 아웃라인을 하고 싶다." "너는 눈두덩이에 살이 많으니 지방 제거를 하고 절개법으로 수술하는 게 좋겠다." 우리는 그런 말들을 나누었다.

입시 스트레스가 심해질수록 거울을 자주 보게 됐다. 내 인생을 통틀어서 거울을 본 시간보다 고등학생 때 거울을 본 시간이 훨씬 더 길 것이다. 나는 거울 보는 일을 멈추기가 어려웠다. 마치 손에서 피가 나도 계속 손톱을 물어뜯는 것처럼 물끄러미 거울을 보고 또 봤다. 그럴 때면 '못생겼다는 느낌'이 가슴을 가득 채웠다. 파도가 백사장에 찍힌 자국을 깨끗하게 지우는 것처럼, 나도 내 못생긴 얼굴을 거울 속에서 지우고 싶었다.

나는 수능을 보자마자 성형외과로 향했다. '눈매 교정술'을 받기 위해서였다. 수술의 이름처럼 내 눈의 모양은 내게 '교정'의 대상이었다. 교정. 틀어지거나 잘못된 것을 바로잡는 일. 교정이라는 말은 성형수술을 받고 싶은 내 마음을 정확하게 읽었다. 내 눈의 모양은 틀어지거나 잘못된 것이었기에 교정되어야 했다.

성형외과 상담 실장은 스테인리스 자로 내 얼굴의 구석구석을 쟀다. 미간에도 자를 대고는 내가 미간이 넓은 편이어서 쌍꺼풀 수술만으로는 충분하지 않다고 말했다. "눈머리에 살짝만 손을 대는 거예요." 앞트임을 할 생각까지는 없었지만, 그 자리에 앉아서 나는 중학교 때 들었던 친구의 말을 떠올렸다. "얘는 눈이랑 눈 사이에 주먹이 들어가겠다." 사람들이 나를 그렇게 보는 것이 두려웠다. 나는 '몽고주름 제거 수술'이라는 이름의 앞트임 수술에 동의했다. 완벽한 교정을 위해서는 그래야 했다.

성형수술 이후의 만족도는 사람마다 다 다를 것이다. 내 경우에는 새로운 얼굴이 낯설다는 느낌이 컸다. 내 피부는 얇고 흉터가 잘 남는 편이다. 상처가 아무는 데 다른 사람들보다 시간이 더 걸린다. 성형수술도 마찬가지였다. 부기가 다 가라앉고 새로운 얼굴에 익숙해지자 이번에는 성형수술로 인한 작은 흉터에 신경이 쓰였다. 누가 가까이 다가오면 저절로 몸을 뒤로 빼게 됐다. 내 흉터에만 시선을 둘 것 같다는 생각 때문이었다. 수술을 받은 뒤에도 내가 못생겼다는 느낌은 사라지지 않았다.

나는 계속 거울을 봤다. 눈 수술은 시작이라는 생각이 들었다. 눈을 고치고 나니 코도 고치고 싶었다. 그다음은…… 그다음은…… 나는 거울을 바라보며 생각했다.

성년이 되어 새로 만난 친구들은 내 외모에 대해 이야기하지 않았다. 평가하지 않았다는 것이 아니라, 대화의 주제로조차 삼지 않았다는 말이다. 세상에는 거울 속 세계 말고도 관심을 기울여야 할 것이 많이 있었다. 그리고 나는 내 외모가 아니라 내 생각, 타인을 대하는 태도, 유머 감각, 공감 능력, 성실함 같은 가치의 집합체임을 깨달아갔다. 나는 '평균'이나 '정상성'을 위해 교정되어야 하는 존재가 아니었고 나의 다름은 틀림이나 추함이 아니었다. 다름은 그저 나의 특징이었다. 내 상처조차도, 내 부끄러움조차도 오히려 나를 나답게 하는 요소였다. 여성주의는 그래서 내게 자유로움과 편안함을 경험하게 했다. 내가 만약 그 시절에 여성주의를 만나지 못했더라면, 세상을 바라보는 새로운 시선을 얻지 못했더라면 외모에 대한 강박은 그보다 더 오랜 시간 지속되었을 것이다.

*

'성괴'라는 말이 누군가를 향한 멸칭으로 사용될 때 나는 마음이 불편했다. 성형을 멈추지 못해 계속해서 얼굴이 변하는 사람이 웃음거리가 될 때도, 이미 아름다운데 수술을 해서 얼굴을 '망쳐버렸다'는 이야기를 들을 때도…… 그건 내게 우스운 이야기가 아니었다. 내가 만약 외모만이 내 가치를 규정한다는 믿음 속에서 계속 살았다면 나야말로 그런 이야기의 주인공이 되었으리라고 생각하기 때문이다.

성형수술이 콤플렉스를 이기게 하고 자신감을 준다는 말이 틀린 것만은 아니다. 누군가에게는 그런 역할을 해줄 것이다. 하지만 나처럼 외모에 대한 비합리적이고 고통스러운 자의식을 지닌 사람에게도 그것이 가능할까. 내가 내 바람대로 얼굴의 모든 부분을 사회에서 아름답다고 규정한 틀에 맞춰 고쳤다면, 그래서 놀랍게도 '객관적으로' 예쁜 얼굴을 지니게 됐다면 나는 나의 깊고 깊은 수치심으로부터 탈출할 수 있었을까. 그렇지 않았을 것이다.

가끔은 내가 인터넷이 발달하지 않은 시기에 어린 시절을 보냈다는 사실이 다행스럽다. 요즘은 연예인뿐만 아니라 비연예인들의 외모마저도 공공연하게 품평의 대상이 된다. 이목구비와 몸매 평가가 세세하게 이루어지고 비율이나 조화도 심사 대상이 된다. 인플루언서의 사진 아래에 '이목구비 주차가 잘못됐다' 같은 댓글이 달리고 피부 상태, 얼굴의 대칭까지 모조리 심판받는다. 자신들이 보기에 아름다움의 기준에 미달한 여성이 아이돌이 되면 단지 그 사실 하나만으로 그 사람을 조롱하고 모욕하는 글을 쓰기도 한다. 그 사람이 부당하게 인기와 돈을 얻는다는 듯이. 외모 평가 기준은 여성에게, 특히 어리고 젊은 여성에게 더 엄격하고 가혹하다.

나는 그런 상황으로부터 어느 정도 거리가 있다. 인터넷에서 공개적으로 외모 평가를 당하는 여성들과 나이 차이가 크기 때문이다. 하지만 십대와 이십대 여성들이 자기 또래 여성이 외모로 평가받는 상황을 보며 스스로의 모습을 검열하지 않기란 어려울 것이다. 얼굴과 몸을 세세하게 품평하는 문화에서 산다는 것은 그런 시선으로 자신을 바라볼 가능성이 높다는 의미다.

만약 내가 현재 십대라면, 내 성격이 어린 시절과 동일하다면 나는 끝도 없는 우울함을 느꼈을 것 같다. SNS를 통해 드러나는 아름다움의 조건을 하나하나 마음에 새기며 그 어디에도 들어맞지 않는 내 몸과 얼굴을 깊이 수치스러워했을 것이다.

다른 여성에 대한 외모 평가를 접하는 것만으로도 내가 상처 받을 수 있다는 걸 모르는 채로 그런 환경에 노출되었을 것이다. 지금의 십대는 내가 십대였을 때와 비교할 수 없을 정도로 외모 평가에 더 취약할 수밖에 없다.

"피곤해 보여요." "정말 예쁘세요." 우리나라는 이런 말을 가벼운 대화 주제로 쉽게 삼곤 한다. 외모 말고는 딱히 타인과 대화를 나눌 주제가 없다는 것도 문제겠지만 본질적으로는 타인의 외모를 평가하는 것이 무례한 일이라는 의식이 별로 없어서 그럴 것이다. 가끔 외모에 대한 칭찬을 받을 때면 호의에 고마운 마음이 들면서도 순간적으로 외모를 검열하는 나 자신을 발견하게 된다. 외모 칭찬 또한 외모 평가이기 때문이다.

작가가 되고서 직접적으로 외모 평가를 받는 일이 종종 생겼다. 십여 년 동안 외모에 대한 강박을 나름대로 내려놓았다고 생각했는데 얼굴을 드러내놓고 일하는 직업을 갖다보니 그런 것도 아니라는 걸 깨달았다. 강연에 가서 진심이 전달되기를 바라며 말하고 돌아온 날, 청중 가운데 한 사람이 인터넷에 올린 내 외모에 대한 감상평을 보고 허탈함을 느꼈다. 어떤 사람은 내 얼굴을 통해 내 내면에 대해서도 유추했는데, 그럴 수 있다고 애써 받아들였지만 힘이 빠지는 건 어쩔 수 없었다. 기사 사진이나 행사 사진을 보면서 인상을 찌푸린 적도 있었다. 누구나 다 볼 수 있는 인터넷 공간에 올라온 내 모습은 이상하고 낯설었다. 마치 녹음된 내 목소리를 처음 들었을 때처럼.

사십대가 되니 노화가 진행되는 모습이 눈에 보인다. 이렇게 나이가 들어가는구나. 거울을 뚫어져라 바라보던 십대 시절에는 거울을 보며 이렇게 생각했다. 차라리 빨리 늙었으면 좋겠다. 늙고 주름져서 아무도 내 얼굴을 바라보지 않았으면 좋겠다. 아무도 얼굴로 나를 평가하지 않았으면 좋겠다.

어릴 때 바랐던 것처럼 나는 나이들어가고 있다. 어린 나의 생각은 어느 정도 옳았다. 나이가 들자 외모는 나의 가치를 가늠하는 중요한 기준에서 밀려났다. 외모에 대한 사회적인 압력이 줄어들었다는 느낌이 들기도 한다. 그러나 그 이유가 나이 때문만은 아닐 것이다. 내가 운이 좋지 않아서 나의 자아를 세울 수 있는 환경에서 지내지 못했다면, 책을 읽고 공부를 하고 다양한 사람을 만날 수 있는 기회가 없었다면, 나를 돌아보고 돌볼 자원이 없었다면 나는 여전히 십대 시절처럼 외모에 대한 고통스러운 자의식을 지니고 살았을지도 모른다.

나이가 들어서도 외모에 집착하고 성형수술을 멈추지 못하는 사람들은 경멸과 조롱의 대상이 되곤 한다. 그러나 공개적으로 타인의 외모를 평가하는 일이 자연스러운 우리 사회의 분위기 속에서 외모에 대한 강박이 개인의 어리석음이나 집착으로만 해석될 수는 없을 것이다. 자기 가치의 상당 부분이 외모에 달려 있다는 믿음과 외모 평가의 대상으로 자신을 축소시키는 자의식은 쉽게 떨쳐낼 수 없는 힘을 지니고 있기도 하다.

사람들이 타인의 외모에 대해 함부로 입에 올리지 않았으면 좋겠다고 생각하면서도 나는 분위기를 풀어야 할 때면 내 외모를 비하하는 이야기를 하곤 했다. 가벼운 유머 소재로 나를 낮춰 말하는 습관이 오래되어서였을까. 내 외모에 대한 타인의 시선을 앞서 의식하고는 그 사람이 느낄 법한 내 약점을 미리 말해서 불안을 해소하는 방식이었을까.

누군가 자기 외모에 대해서 신랄하게 이야기할 때 나는 덩달아 내 외모를 검열하곤 했다. 내가 분위기를 풀기 위해서 유머랍시고 내 외모를 웃음거리로 만들었을 때 사실상 나는 그 자리에 있는 사람들의 외모에 대한 자의식을 자극했던 것이다.

타인의 외모를 평가하는 행동이 무례한 일이듯이 자기 외모에 대해서도 함부로 말해서는 안 될 것이다. 그 사실을 깨닫고 나는 내 얼굴이나 몸을 낮추고 평가하는 말을 더는 입에 올리지 않기로 했다. 아무리 사소한 부분이더라도, 아무리 가까운 사람에게라도 더는 그런 식으로 말하지 않기로 말이다.

*

십대 시절의 사진을 보면서 지금의 나는 그때의 내가 못생겼다고 생각하지 않는다. 애초에 못생겼다는 판단 자체가 가능하지 않다고 여긴다. 사진 속의 나는 그저 그 나이 또래의 얼굴을 하고 있다. 동그란 얼굴에 겨우 어린이 티를 벗은 모습이다. 그때의 내가 거울 속에서 마주했던 '다 뜯어고쳐야 할 못생긴 여자애'는 그곳에 없다.

외모에 대한 강박은 내 내면의 문제에서 비롯된 것이기도 했다. '못생겼다는 느낌'은 '나는 사랑받을 수 없다'는 믿음의 외적 현현이었다. '다른 얼굴이 되고 싶다'는 마음은 '내가 아닌 다른 사람이 되고 싶다'는 자기부정의 은유였다. 거울 속 내 얼굴이 가장 못생겨 보이고 심지어 기괴하게 느껴졌을 때 나는 그 어떤 때보다도 내 가치를 회의하고 있었다.

내가 대면한 거울 속 얼굴은 가리고 싶고 고치고 싶고, 심지어 지워버리고 싶었던 내 존재 자체였다. 이목구비의 모양이 마음에 안 든다는 생각은 그저 자기부정을 위한 교묘한 핑계였을 뿐이었다. 그건 내가 나를 미워하기 위한 꽤 괜찮은 근거였다.

누군가 내 얼굴을 물끄러미 바라볼 때, 나는 언제나 그가 내 얼굴에서 결점을 본다고 믿었다. 그건 누군가 나와 관계 맺기를 원하고 가까이 다가올 때 느꼈던 두려움과 일치했다. 멀리서 보면 흠이 눈에 들어오지 않겠지만 가까이에서 보면 내가 결코 사랑할 수 없는 존재라는 것을 알게 될 거라는 질기고도 깊은 믿음이었다.

내가 경험한 외모 강박은 외형에 대한 집착을 넘어 더 깊은 곳에 숨겨진 수치심의 문제였다. 누군가의 시선으로 바라보는 내 모습이 부끄럽고, 그래서 고치고 지워버리고 싶었던 어두움의 문제였다. 나는 이 이야기를 가까운 친구에게도 터놓고 말하지 않았다.

삼십대가 되어서야 나는 이 이야기를 상담사에게 했다. 부끄러움에 얼굴이 달아올랐고 눈물이 쏟아졌다. 나는 왜 말해야 했을까. 아니, 어째서 말할 수 있었을까. 심리 상담을 받는 공간에서는 그것이 아무리 사소한 이야기더라도 비웃음을 사지 않는다는 것을 알았기 때문이다.

내가 나의 고통을 입에 올릴 때 '너는 고작 그까짓 일로 엄살이야?' 같은 대답을 들었던 기억은 나를 침묵하게 했다. 나는 고통스러우면서도 내 고통이 정당하지 않다고 생각했고 언제나 '진짜 고통'이 따로 있다고 여겼으며 사소하고 하찮은 문제에 마음이 쓸리는 내가 한심하고 혐오스럽기까지 했다. 누구보다도 앞서서 내 고통을 검열하고 점수를 매겼다.

여전히 나는 사람이 견딜 수 없는 수준의 고통이 존재한다는 것을 안다. 죽을 때까지 벗어날 수도 없고 소화할 수도 없는 고통스러운 경험이 존재한다는 것도. 하지만 내 고통이 상대적으로 작다고 해서 내가 나서서 상처를 비웃고 냉담하게 대할 수 있다는 건 아니다.

자기의 고통만이 특별하다고 주장하는 자기중심성에 갇히는 것도 위험하지만 자기 마음을 외면하거나 비웃는 것도 그만큼이나 해롭다고 생각한다. 자기 자신에게 '너는 고작 그런 걸로 괴로워?'라고 몰아붙이는 사람은 타인의 상처에도 냉담할 수밖에 없다. '왜 그까짓 일로 울어? 나는 더 심한 일도 다 참아냈는데.' 자기 고통을 외면한 사람의 마음은 이런 식으로 기울어지기 쉽다.

　그래서 나는 나의 사소한 이야기를 글로 쓴다. 이 이야기가 특별하거나 대단해서가 아니라 나의 진실과 연결되어 있기 때문에, 나의 상처뿐만 아니라 당신의 상처 또한 존중받아야 한다고 믿기 때문에.

　처음 '못생겼다는 느낌'이라는 제목이 달린 빈 문서 창을 띄워놓았을 때 이런 글은 쓰고 싶지 않다고 생각했다. 하지만 내게는 그보다 더 큰 욕구가 있었다. 마음을 터놓고 나누고 싶었고 그래서 나와 비슷한 괴로움을 겪고 있을 사람들이 이 글을 읽었으면 좋겠다는 욕구였다. 내가 겪은 괴로움이 내 안에만 남아 있다면 그것은 영원히 아무것도 아니겠지만 글을 통해 누군가에게 다가가 어떤 의미가 될 수 있다면 작가로서 그보다 더 중요한 일은 없을 테니까.

　어려서는 욕망의 주체가 되기보다는 나를 욕망의 대상으로 두는 상황이 더 익숙했다. 사람들이 좋아할 만한 사람, 사랑받을 만한 사람, 호감 갈 만한 사람…… 그래서 세상 사람들이 욕망하지 않는 '못생김'이라는 것을 내 얼굴에서 지워버리고 싶었다. 내가 외모에 집착할수록 나는 점점 더 나로부터 멀어져갔다. 나는 나를 그저 하나의 외적 대상으로 축소해 바라봤다. 그것도 신랄하게 비난하고 뜯어고쳐야 할 대상으로. 욕망의 대상에서 욕망의 주체로 나아가려 했던 노력이 내가 경험한 성장의 과정이었다.

내가 원하는 것이 정확히 무엇인지 파악하는 데 오랜 시간이 걸렸다. 그래도 이제 나는 내가 무엇을 원하는지 어느 정도는 안다. 나는 안전함을 원하고 성장을 원하고 생긴 대로 살아갈 수 있는 자유를 원한다. 나는 내 모습을 꾸며내서 사랑받기보다는 고독하더라도 내 모습 그대로 살아가기를 원한다. 겁쟁이지만 용기 있는 사람으로 살기를 원한다. 타인이 원하는 것을 내가 원해 얻는다고 하더라도 그것이 나의 기쁨이 될 수 없다는 것을 이제는 안다.

더이상 나는 거울 속의 나를 보고 '못생겼다는 느낌'을 받지 않는다. 그렇다고 '예쁘다는 느낌'을 받는 것도 아니다. 거울 속에는 그저 한 사람이 있다. 사십 년의 인생을 자기 나름대로 고군분투하며 살아온 한 사람이. 나는 이제 그 사람이 꽤 괜찮다고 생각한다. 그 사람의 지난 시간과 노력을 인정하고도 싶다.

나의 존재는 어떤 조건들의 합이 아니다. 그렇기에 내가 나서서 나의 존재를 정당화하려 하지 않아도 된다. 내 타고난 모습을 다른 사람들에게 사과하거나 변명하지 않아도 된다. 나는 그저 한 사람. 나만의 약점과 모순을 지닌 유한한 존재. 이 글을 쓰는 오늘밤, 그것만으로도 충분하다고 생각한다.

그때의 은희들에게

아직도 꿈을 꾸면 학교가 나온다. 교복을 입고 다녔던 중학생, 고등학생 시절의 학교 모습이다. 꿈속에서 나는 길고 어두운 복도에 서서 무언가를 두려워하고 있다. 정신적으로 불안정할 때, 더 정확히는 슬프고 화가 날 때 학교 꿈을 꾸는 것 같다.

내가 공교육을 받았던 1990년대는 일종의 과도기에 가까웠다. 사회는 빠르게 변하고 있었지만 학교에는 여전히 상명하복과 군대식 권위주의가 만연했다. 나는 경기도의 베드타운에서 어린 시절을 보냈는데 월요일 아침마다 운동장에서 조회가 열렸다. 햇볕이 너무 뜨거워 여덟 살, 아홉 살짜리 아이들이 쓰러지곤 했지만 아침 조회는 중단 없이 계속됐다. '교복 위에 다른 외투를 입지 말라'는 교장의 지시로 얇은 모직 교복

재킷으로 한겨울을 버텨야 했던 것처럼 청소년 시절의 괴로움은 기본적인 신체의 고통을 포함하고 있었다. 양말 색깔, 귀밑 삼 센티미터의 머리 길이를 지키지 않았을 때의 체벌은 일상이었다.

고등학교에 진학하고 하루는 밤 열시에 야간자율학습을 마치고 친구들과 운동장을 걸어가는데, 어느 교사가 다가와서 나무 막대로 우리 머리를 때렸다. '운동장을 가로질러 걸어가지 말아야 한다'는 교칙을 지키지 않았다는 훈계가 이어졌다. 눈물이 고였지만 울지 않으려고 친구와 농담을 하며 버스를 타러 갔다. 단정해 보이지 않으니 교복 치마 안에 체육복을 입어서는 안 된다는 교칙이 생겼을 때도, '묵주 반지를 꼈다'는 이유로 등굣길에 교사에게 머리를 맞아 쓰러졌을 때도 나는 그런 상황에 체념하려고 노력했다. 맞서봤자 달라지는 것은 아무것도 없으니 그냥 내 감정을 억누르는 편이 나았다.

중고등학교를 다니면서 내가 익힌 건 체념하는 법이었다. 어린아이들을 보호하지 않는 교사들의 모습을 보며 인간 전반에 대한 신뢰가 부서지는 경험을 했다. 미술 준비물을 가져오지 않았다는 이유로 중학교 1학년짜리 아이들의 뺨을 때리던 교사의 모습을 보며 내가 무엇을 배울 수 있었을까. 내가 존엄한 인간이라고 믿는 것보다는 함부로 다루어져도 관계없는 존재라고 여기는 편이 더 쉬운 일이었다.

나와 국적도 나이도 다른 무라카미 류가 쓴 글을 읽으며 깊이 공감한 것은 그래서였다. "소수의 예외적인 선생을 제외하고, 그들은 정말로 소중한 것을 내게서 빼앗아가버렸다. 그들은 인간을 가축으로 개조하는 일을 질리지도 않게 열심히 수행하는 지겨움의 상징이었다."[*] 그는 이어서 이렇게 말한다. 유일한 복수는 그들보다 즐겁게 사는 것이라고.

나는 그 말에 동의하면서도 사실상 그들에게 복수하는 방법 같은 건 존재하지 않는다는 사실을 씁쓸하게 인정했다. 나는 사람이 어느 수준까지 형편없어질 수 있는지 학교를 다니면서 배웠다. 무라카미 류의 말대로 그들은 정말로 소중한 것을 내게서 빼앗아가버렸다. '구타'라고 말할 수밖에 없는 '체벌'을 내 눈으로 처음 목격했을 때, 그리고 얼마 지나지 않아 내가 그렇게 구타당했을 때, 나는 그 이전의 나로 돌아갈 수 없었다. 시간마저도 속수무책인 일이었다.

내가 이런 폭력적인 상황에서 중고등학교를 다녔다고 이야기하면 정말 그런 일이 있었느냐는 질문이 따라오곤 했다. 처음 그런 질문을 들은 건 대학교 신입생일 때였다. 서울 출신, 특히 강남 출신 아이들은 내 경험을 듣고 당혹해하며 "학부모가 항의하지 않았어?"라고 물었다. 1990년대 후반과 2000년

---

[*] 무라카미 류, 『69』, 양억관 옮김, 작가정신, 2021, 253쪽.

대 초반에 고등학교를 다닌 같은 세대라고 하더라도 자란 지역에 따라서 공교육 경험이 다르다는 것을 나는 그때 알았다. 학부모의 영향력에 따라서 아이들을 대하는 교사들의 태도가 달랐다는 사실은 내 기억에 쓴맛을 더했다. "너희들 부모가 가난해서 이런 동네에 사는 거야"라는 말을 했던 교사는 차라리 투명했다. 대부분은 아무렇게나 대해도 관계없을 만한 아이들을 골라서 폭력을 휘둘렀으니까.

과거는 기억과 망각을 통해 새로 쓰이기도 한다. 같은 대학에 입학한 고등학교 후배가 했던 말을 기억한다. 그애는 그래도 그렇게 애들을 때리고 '잡아서' 입시 결과가 좋았던 것이니 자신은 우리 고등학교를 나쁘게만은 생각하지 않는다고 말했다. 누군가는 잊고, 누군가는 정당화하고, 누군가는 오래도록 그 기억을 소화하지 못한 채로 꿈속에서 빈 교정을 걸어 다닌다.

*

영화 〈벌새〉를 보면서 나는 그 시절의 나를 마주했다.

〈벌새〉의 주인공 은희는 나와 비슷한 시기에 중학교를 다녔다. 나는 은희의 시선으로 내 중학생 시절을 떠올렸고, 영화를 보다 눈을 감아버리고 싶을 정도로 피하고 싶은 기억들과도 마주했다. 은희가 단짝 친구와 건물 난간 앞에 서서 각자의 오빠에게 맞았던 경험을 아무렇지 않게 주고받을 때, 내게 그런 이야기를 웃으며 하던 친구의 얼굴이 떠오르기도 했다. 그때는 아주 가까웠지만 이제는 소식조차 모르는 친구의 얼굴이.

말투가 '불손하다'는 이유로 교사에게 맞아서 기절했을 때, 좋아하는 친구가 갑자기 나를 차갑게 대했을 때, 교실 창가에 앉아서 내가 앞으로도 영영 사랑받을 수 없으리라고 예감했을 때, 어린 나의 고통은 어른이 된 나의 고통에 비해 조금도 사소하지 않았고 오히려 더 생생했다.

어른이 된 나는 이제 안다. 고통은 파도처럼 마음에 들이쳤다가 빠져나가기를 반복한다. 쉼없이 마음으로 들어와서 자국을 내고, 물러나는 것처럼 보이다가도 다시 돌아온다. 내 잘못 때문인 경우도 있지만 잘못하지 않았는데도, 노력했는데도, 잘해보려고 했는데도 겪어야 하는 상처들이 있다.

어른이 된 나는 상처받으면서도 내가 나대로 살아갈 수 있다는 사실을 알고 있다. 내게는 어느 정도의 힘이 있고, 내 힘으로 감당할 수 없는 일이 있다면 전문가의 도움도 받을 수 있고, 용기를 내어 목소리를 낸다면 누군가는 나를 도와주리라는 믿음도 있다. 그러나 은희 시절의 나는 다르게 생각했다. 상처는 회복되지 않을 것만 같았고, 내가 누구에게도 맞설 수 없을 정도로 약하게 느껴졌으며, 나에 대한 사람들의 반응이 곧 나 자신의 가치를 매기는 것으로 여겨져서 작은 일들에도 쉽게 다쳤다.

불안과 두려움에 두 발을 딛고 선 나의 삶은 언제나 지금이 아니라 미래에 있었다. 지금은 미래에 투자하기 위한 자원이었고, 현재의 고통은 부정되거나 사소한 것으로 취급되었다. "노래방 대신 서울대 가자"라는 〈벌새〉 속 담임의 말을 웃어넘길 수만은 없었던 건, 내게도 은희의 시절이 비인간성을 강요받았던 때였기 때문이다. 연애하고, 웃고, 떠들고, 노래 부르는 모든 인간다운 행동이 도리어 비난받아야 했던 시간, 인간으로서의 내 감정과 욕구에 집중하는 일이 단죄되어야 했던 시절이 떠올랐기 때문이다.

내가 중고등학교를 다닐 때는 성폭력이나 성희롱이라는 개념조차 낯선 시기였다. 숨쉬듯이 성폭력적 발언을 하는 담임 교사의 말을 들으면서도 그 말이 왜 잘못된 것인지 설명할 수가 없었기에 '나는 왜 살아야 하지'라는 생각만이 머릿속을 가득 채웠다. 더는 참을 수 없었던 날, 나는 부담임 교사에게 찾아가 이런 이야기를 듣는 것이 괴롭다고 울면서 말했다. 그녀는 '미안하지만 내가 너에게 해줄 수 있는 것이 아무것도 없다'고 난감한 표정으로 답했다.

나는 고민을 털어놓기 전에 이미 그녀가 나를 도울 수 없다는 것을 알았다. 그럼에도 말하지 않고는 견딜 수 없을 것 같아서 말했던 것뿐이었다. 그날, 교무실 멀찍이서 내 이야기를 듣고 있었던 젊은 문학 교사가 며칠 뒤 나를 불러 말했다. "그날 네가 그 선생님한테 얘기하는 거 들었는데, 애처럼 굴지 마. 그 정도도 못 참아?" 나는 그 순간, 부담임에게 고민을 털어놓은 걸 후회했다. 다른 어른이 나를 도울 수 있다고 희망했던, 아무것도 도울 수 없다고 하더라도 적어도 내 고통을 고통이라고 이해해주리라고 희망했던 나의 어리석음이 미웠다. 나는 더 참고 더 체념해야 했다. 왜 그 단순한 사실을 받아들이지 못했던 걸까.

오빠에게 맞을 때 무슨 기분이 드냐는 영지 선생님의 질문에 은희는 말한다. "그냥 빨리 끝났으면 좋겠다고 생각하고 기다려요. 대들면 더 때려요." 은희라고 맞서지 않았을까. 적극적으로 자신을 방어하지 않았을까. 그러나 아무리 노력해도 소용없다는 것을 알게 된 은희가 할 수 있는 선택은 그저 맞으며 그 시간이 지나가기를 기다리는 것뿐이다. 용기를 내어 부모에게 얘기해도 부모는 오빠를 꾸짖기는커녕 "싸우지 좀 마"라고 말하며 일방적인 폭력을 사소한 수준의 갈등으로 축소한다. 폭력을 휘두르는 오빠를 혼내는 어른이 은희에게는 없다. 그런 은희가 자기 자신을 사랑하기는 얼마나 힘든 일일까.

너 자신을 사랑하라는 말이 범람하는 세상이지만, 자신에 대한 태도는 많은 경우 자신을 대하는 주변 사람들의 태도를 닮기 마련이다. 부당한 이유로 폭력을 당했더라도 그 폭력이 얼마나 잘못된 일인지 분명하게 언어화되는 모습을 봤다면, '많이 아팠니? 얼마나 억울하고 힘들었니?'라고 이야기를 들어주는 어른들이 있었다면 은희 또한 자신이 존중받아야 할 사람이라는 것을 자연스레 알아갔을 것이다. 그러나 은희의 목소리는 누구에게도 들리지 않는다. 목소리가 지워진 사람, 공감받을 수 없는 사람이 자신을 존중하고 심지어 사랑하기까지 할 수 있을까. 자신은 함부로 다루어져도 어쩔 수 없다고 체념하게 될 것이다.

'그건 당한 사람도 잘못이야.' '피해자도 이해가 안 되는 건 마찬가지야.' 피해자들에 대한 의심 섞인 시선과 비난은 피해자의 입을 막고 폭력 속에 주저앉히는 사회적 힘이었다. '왜 맞서 싸우지 않았어?' '왜 도망치지 않았어?' 폭력에 대한 책임을 피해자에게 돌리는 질문들…… 미심쩍은 피해자가 되느니 그저 참고 체념하는 편을 선택한 피해자들의 가려진 이야기를 생각한다. 입만 열지 않는다면, 그저 참고 체념하고 '착하게 굴면' 어느 정도는 적응하며 살 수 있으리라고 여기는 사람들의 이야기를.

어른들은 은희에게 말한다. 착하게 행동해, 날라리가 되지 마. 나는 남자아이에게 '착함'이라는 가치가 여자아이에게만큼 요구되는 모습을 보지 못했다. '아이스케키'라는 이름으로, '브라자 튕기기'라는 이름으로 여자아이를 괴롭히는 남자아이에게 베풀어졌던 숱한 '관용'이 기억날 뿐이다. 남자애들이 다 그렇지. 남자애들은 원래 그런 거야. 다 장난이야. 어른들은 남자아이의 아주 심각한 수준의 가학성 행동도 용인하면서, 여자아이의 경우에는 스스로의 의견을 정정당당하게 표현하는 것만으로도 '성격이 이상한 애'라고 규정짓곤 했다.

돌아보면 '착하다'는 평가는 내가 유일하게 들을 수 있는 칭찬이었다. 타인의 인정에 중독된 어린 나는 '착하다'는 말을 듣기 위해 나 자신을 교정해나갔다. 속에서 울컥 치받치는 일이 있어도 말하지 않고, 부정적인 감정을 드러내지 않고, 원하면서도 원하지 않는 척하고, 갖고 싶으면서도 갖고 싶지 않다고 하고, 타인의 감정을 빠르게 읽어내어 그에 맞춰 반응하고, 어떤 순간에도 결코 갈등을 일으키지 않고, 남들이 하라는 대로 하면 나는 '착하다'는 인정을 보상으로 받아낼 수 있었다. 그게 나 자신을 싼값에 팔아버리는 일에 불과하다는 사실을 깨달은 건 한참의 시간이 흐르고서였다.

은희와 내가 요구받았던 착함은 수동성이었던 것 같다. 누가 때려도, 부당하게 대해도, 맞서지 말고 싸우지 말고 참고 삭이며 감정이나 생각을 '거칠게' 표현해서는 안 된다는 메시지가 '착함'이라는 일종의 규율로 여자아이들에게 강요됐다.

너 참 예쁘다, 너 참 착하다. 여자아이를 향한 이런 칭찬은 결국 여자아이를 수동적인 대상으로 고정하는 말이라고 생각한다. 넌 네 의견을 잘 표현하는구나, 부당한 일에 맞서 싸울 줄 아는 용기가 있구나, 네 감정에 솔직해서 좋다, 같은 칭찬을 받아본 여자아이가 몇이나 될까. 우리가 어린 시절부터 예쁘다, 착하다 같은 말 대신 우리 자신이 그대로 수용되는 경험을 하고, 우리의 개성을 개성 그대로 인정받았다면 어른이 된 이후의 삶은 얼마나 달라졌을까.

나는 영지 선생님이 은희를 바라보며 낮은 목소리로 천천히 이야기하는 장면에서 이상하게도 눈물이 났다. 있는 그대로의 나를 받아주고, 나에게 집중해주는 사람의 눈빛을 어린 내가 얼마나 목말라했었는지 깨달았다. 나를 좀 봐줘. 은희 시절의 나는 간절하게 마음으로 말했다. 내게 관심을 좀 줘. 그러나 나는 예쁘지도 특별하지도 않았다. 높은 도수의 안경을 쓰고 언젠가 키가 커질 때를 대비해 헐렁하고 큰 교복을 입고 다니던, 주머니에 손을 넣고 늘 땅바닥을 보고 다니던 내게 관심을 기울여주던 사람은 없었다.

가끔 발작처럼 화를 내거나 눈물을 터뜨리기라도 하면 '쟤는 성격이 왜 저럴까, 앞으로 사회생활을 제대로 할 수 있을까' 하는 어른들의 근심 섞인 충고만을 들었을 뿐이다. 겨우겨우 참았던 감정이 내 통제를 벗어나 그렇게 분출되고 난 뒤에는 언제나처럼 자기혐오가 밀려왔다. 아무도 제대로 받아주지 않는 감정은 항상 추하게 느껴졌으니까. 그럴 때 영지 선생님 같은 누군가가 다가와 은희를 바라보듯 나를 그저 잠시라도 바라봐주었다면, 내 이름을 그렇게 다정하게 불러주었다면 나는 그 사람을 영원히 잊지 못했을 것이다.

고통은 언제 고통이 되나. 누군가의 시선으로, 공감으로 고통은 고통이 된다. 일방적으로 폭행을 당했는데도 "싸우지 좀 마"라는 말을 들어야 할 때, 은희의 고통은 고통이 아니라 어린아이의 철없는 칭얼거림이 된다. '싸우지 좀 마'라는 말에는 '오빠라면 여동생을 때릴 수 있다'는 승인이, '여자애는 남자가 때려도 참아야 한다'는 주문이 들어 있다. 이런 사회에서 자란 많은 여성은 자신이 느끼는 고통의 진위를 의심한다. 아파도 자신이 아픈 것이 맞는지 검열하고, 부당한 일을 당해도 자신이 '예민해서'가 아닌지 확인하고 또 확인한다. 여성의 고통을 고통이라고 언어화하지 않는 상황에서 고통받았다는 사실을 스스로 이해하기도 어려운 경우가 얼마나 많은가.

영지 선생님의 눈빛을 통해서 은희의 고통은 비로소 고통으로 이해받는다. "은희야. 너 이제 맞지 마." 지금껏 은희에게 그런 말을 해준 사람은 없었다. 맞지 말라는 그 단순한 한마디가 왜 이렇게 마음을 아프게 하는 걸까. '맞지 마'라는 말은 '넌 맞아도 돼'라는 무신경하고 잔인한 어른들의 세계를 돌아보게 한다. 그 말은 은희의 시절을 통과한 여자에게서만 나올 수 있는 말이기도 하다. "누구라도 널 때리면 어떻게든 맞서 싸워." 나는 은희에게 그 말을 하는 영지 선생님의 표정을 보고 목소리를 들으며 그 말이 영지 선생님 자신의 다짐이기도 하다고 느꼈다. 은희에게는 한없이 커 보이지만 그녀 또한 이십대의 젊은 여성이다. 나는 그녀를 보며 그녀가 실제로 어딘가에 존재했을 사람이라는 생각을 했다.

1990년대가 좋았다는 향수 어린 회고에 나는 별다른 공감을 하지 못한다. 그래서 그 시절을 미화하여 그려낸 이야기들에 진심으로 감정이입을 하기 어려웠다. 〈벌새〉를 보는 건 고통스러웠는데, 이 이야기가 허구가 아니라 진짜라는 감각 때문이었다.

은희의 엄마, 언니, 단짝 친구…… 이 영화에 나오는 여성들은 내가 자라오며 만났던 '평범한 여자들'의 모습을 닮았다. 남자 형제의 진학을 위해서 학업을 포기하고 어린 시절부터 일해야 했던 여자들, 남편과 똑같이 경제활동을 하면서도 가사노동과 육아는 온전히 혼자 소화해야 하는 여자들, 남자 가족 구성원에게 학대당하며 살아가는 여자들, "나는 아무것도 잘하는 게 없어"라고 속삭이며 자신의 가치를 회의하는 여자들, 가장 가까운 사람에게 공감하기조차 어려울 정도로 삶에 지친 여자들. 이런 사회의 여성들이 자신을 좋아할 수 있을까.

미소지니의 세계를 사는 여성에게 '자신을 사랑해야 한다'는 격언은 너무도 무겁고 어렵게 다가온다. 한순간이라도 나 자신을 온전하게 사랑할 수 있다면…… 그건 영원히 이룰 수 없는 꿈처럼 느껴진다.

*

언제부터 나는 내가 부족하다고 느꼈을까. 언제부터 나를 싫어하기 시작했을까. 내 존재만으로는 충분하지 않으며, 존재하기 위해서는 나 자신을 어떤 식으로든 희생해야 한다고 믿기 시작한 건 언제부터였을까. 고통을 겪으면 그 고통이야말로 내가 삶에서 치러야 하는 마땅한 비용이라고 나를 설득한 건 언제부터였을까. 나는 아주 오랜 시간 동안 나를 싫어하는 일에 최선을 다했다. 나를 싫어할 이유는 도처에 널려 있었고, 나는 진심으로 갖가지 이유를 들어 나를 싫어하는 내 마음을 정당화했다. 그러면서 다른 사람들도 나처럼 살고 있다고 믿었다.

첫 책이 나오고 어느 북토크에 게스트로 초대받아 간 적이 있었다. 북토크는 세 시간 정도 이어졌는데 나는 그 자리가 불편했고, 시간이 흐를수록 내가 그 자리에 앉아 있는 것이 잘못되었다는 생각이 들었다. 상담 시간에 그날 일을 이야기하면서 나는 호스트가 너무 친절하게 대해줘서, 나를 너무 존중해줘서 불편했다고 말했다. 그게 얼마나 말도 안 되는 생각인지 말을 뱉고서 바로 이해했다.

"보통 사람들은 존중받지 못했을 때 불편함을 느껴요." 상담사는 내게 그렇게 말했다. 나는 오래도록 내가 존중받을 자격이 없는 사람이라고 깊이 믿고 있었다는 사실을 그때 알았다. 그 믿음의 이유를 찾아내는 것이 내게는 상담 치료의 과정이었다.

"최은영씨는 아주 못된 사람이에요." 어느 날 상담사는 내게 그렇게 말했다. "매 순간 그런 미움을 감당할 수 있는 사람은 없어요. 본인이 지금 본인에게 무슨 짓을 하고 있는지 알아요?" 잠에서 깨어날 때, 술을 마실 때, 밥을 먹고 친구와 이야기하고 집으로 돌아오는 길에, 하루를, 지난 시간을 복기할 때, 나의 미래를 그릴 때, 누구보다도 앞서서 나를 비난하고 빈정댔던 내 모습을 돌아봤다. 그런 습관적인 자기 학대 속에서 편안해지던 마음까지도.

"자기가 싫어진 적이 있으세요?"라는 은희의 질문에 영지 선생님은 "응. 아주 많아"라고 대답한다. "그렇게 좋은 대학에 다니시는데도요?"라고 다시 묻는 은희에게 영지 선생님은 이렇게 답한다. "자기를 좋아하기까지는 시간이 좀 걸리는 것 같아. 나는 내가 싫어질 때 그냥 그 마음을 들여다보려고 해. 아,

이런 마음들이 있구나. 나는 지금 나를 사랑할 수 없구나."

영지 선생님이 자기 자신이 싫었던 때가 아주 많았다고 말하는 순간, 은희는 진심어린 공감을 받게 된다. 사람은 자신을 싫어할 수 있으며, 그건 단죄하거나 혐오할 일이 아니라고. 그건 그저 자연스러운 마음일 뿐이라고. 그러니 그래도 된다고. 진심어린 공감은 사람을 자유롭게 한다. 따져 묻지 않고, 판단하지 않고, 함께 느껴주는 행동은 아픈 사람을 자신만의 두려움에서 자유롭게 한다. 마음은 단죄의 대상이 아니다. 비록 그늘지고 아픈 마음이더라도 그 마음을 억누를 필요도, 부정할 필요도 없다. 그렇게 되지 않는데 억지로 자신을 사랑하려고 애쓰지 않아도 된다. 그래도 된다.

'나를 부드럽고 사랑스럽게 대해주자.' 작가가 되기 전, 어느 수도원에서 봉사자로 지내면서 나는 그렇게 썼다. 나를 부드럽고 사랑스럽게 대해주는 일이 무엇인지도 알지 못하면서 나도 모르게 그렇게 적은 것이다. 그 작은 결심으로부터 많은 일이 시작됐다. 여전히 나 자신을 사랑하는 일이 무엇인지 모르지만 종종 이런 생각을 하곤 한다. 오늘이 내 삶의 마지막날이라면, 마지막까지도 자기에게 사랑받지 못하고 외면만 당한 채로 죽는 건 너무 슬프고 가혹한 일이 아닐까 하고. 세상 어느 누구도 그런 슬픔을 겪어서는 안 된다고 말이다.

"힘들고 우울할 땐 손가락을 봐. 그리고 한 손가락 한 손가락 움직여. 그럼 참 신비롭게 느껴진다. 아무것도 못할 것 같은데 손가락은 움직일 수 있어."

영지 선생님은 은희에게 힘들고 우울한 순간들과 맞서 싸우라고, 긍정적으로 살라고 함부로 충고하지 않는다. 자신에게도 그런 순간이 있다고, 아무것도 못할 것 같을 때가 있다고 고백할 뿐이다. 영화에서는 구체적으로 나타나지 않지만, 영지 선생님 또한 깊이 상처받은 사람이라는 것을 나는 그녀의 말을 듣고, 표정을 보고 이해할 수 있었다. 영지 선생님이 깊이 상처받은 사람이어서 은희의 상처를 볼 수 있었던 걸까. 그러나 나는 상처받은 사람만이 타인의 상처를 이해하고 위로할 수 있다는 말을 하고 싶지는 않다. 인간은 신기한 존재여서 같은 상처를 받은 사람이 오히려 타인의 상처에 무감하고 더 잔인해질 수도 있는 법이니까.

나는 은희가 부모의 무관심과 오빠의 폭행 '때문에' 성장했다고 생각하지 않는다. 한국사회에는 상처를 미화하는 문화가 있다. 어떤 영웅 서사처럼 상처받은 사람이 그 상처를 '극복'하고 앞으로 나아가는 이야기를 좋아하는 것 같다. 그러나 정말 그런가. 상처는 언제나 사람에게 좋은가. 사람으로 살면서 어쩔 수 없이 받을 수밖에 없는 상처가 있겠지만, 받지 않아도 될 상처는 최대한 받지 않는 편이 더 좋지 않나. 상처를 미화하는 문화는 가해자에게 언제나 얼마간의 정당성을 주는 것 같다. 내가 너를 사랑해서 그런 거야. 정말 그런가. 인간은 상처가 아니라 사랑을 통해서 성장한다. 사랑은 상처를 상처로만 남게 하지 않고, 인간을 상처 속에 매몰되어 자신에게나 타인에게나 무감한 사람으로 변화하게 하지 않는다. 은희는 영지 선생님과의 만남을 통과하며 성장했다. 함부로 대우받아 성장한 것이 아니라.

영지 선생님에게 보낸 편지에서 은희는 이렇게 말한다. "사람들이 외로울 때 제 만화를 보고 힘을 얻었으면 좋겠어요. 선생님. 제 삶도 언젠가 빛이 날까요?" 나도 고등학생 시절 은희와 같은 생각을 했다. 외로운 사람들이 내 글을 읽고 덜 외로워졌으면 좋겠다고. 엘리자베스 스트라우트의 장편소설 『내 이름은 루시 바턴』정연희 옮김, 문학동네, 2017에서 어린 루시도 그런 다짐을 한다. 자신은 앞으로 책을 쓸 것이고, 자신의 책을 읽는 사람들이 덜 외로워졌으면 좋겠다고. 우리는 왜 이런 생각을 했을까. 모두 외로운 어린 여자아이였던 우리는 왜 허구의 세계를 만들어서 자신이 알지도 못하는 외로운 사람들의 마음에 가닿고자 했을까.

영지 선생님도 은희를 그런 마음으로 마주했을 것이다. 은희가 덜 외로워지기를 바라는 마음. 영지 선생님이 눈빛으로, 함께 있어주는 시간으로, 자신의 마음을 먼저 여는 방식으로 은희에게 다가갔던 것처럼, 그 빛을 받은 은희 또한 영지 선생님 같은 사람이 되고 싶었는지도 모른다. 위로받고 싶었던 사람들이 위로하는 것처럼, 외로웠던 사람들이 외로운 사람들의 마음에 다가가고 싶어하는 것처럼.

나는 언제나 소설쓰기가 깊은 애도의 과정이라고 생각했다. 처리하지 못했던 슬픔을 다시 한번 깊이 느끼며 소화하는 일이라고. 그리고 그 과정이 글을 읽는 사람의 마음속 기억을 끌어내 어떤 애도를 가능하게 할지도 모르리라 희망했다. 〈벌새〉는 내게 그런 영화였다. 붕괴된 성수대교의 모습을 찾아가 두 눈으로 바라보는 은희의 모습을 보며, 나는 은희와 동시대를 살아갔던 그때의 우리가 우리의 시간을 애도할 수 있는 영화를 비로소 만났다고 생각했다. 수많은 은희에게 이 영화는 결코 잊힐 수 없는 애도의 기억이 될 것이다.

174517

고등학생 시절 처음으로 베트남전쟁에 대해 알게 됐다. 부모님이 구독하는 잡지 『한겨레21』에 실린 베트남전쟁에 관한 특집 기사를 읽으면서였다. 몇 주간 이어진 특집 기사를 접하며 나는 베트남전쟁이 민간인 대량 학살, 강간, 고문을 포함한 집단 폭력이라는 사실을 배웠다. 하나하나 믿기 힘든 내용이었다. 무엇보다 받아들이기 어려웠던 것은 베트남전쟁에서 한국군이 가해자의 위치에 있었다는 점이었다. 학교에서 한국은 어떤 나라도 침략한 적이 없다고 배웠기에 충격이 더 컸다.

스물두 살 무렵 유럽으로 배낭여행을 떠났을 때 우연히 베트남 수녀님을 만난 적이 있다. 이야기를 나누다가 나는 수녀님에게 "한국이 베트남에서 저지른 일들, 죄송합니다"라고 사과했다. "지나간 일이에요. 괜찮아요." 수녀님은 그렇게 대답했는데 그 순간 우리가 무언가를 주고받았다고 느꼈다. 스물넷에는 베트남에서 이 주일 동안 워크 캠프 프로그램으로 봉사활동을 했다. 그곳에서 같이 일하며 알게 된 베트남 친구의 집에 초대받아 하룻밤을 잤는데, 그때 친구의 아버지가 정성껏 차려준 밥상과 가족들의 따뜻한 환대는 아직도 소중하게 간직하는 기억이다.

「씬짜오, 씬짜오」는 내가 만난 다정한 베트남 사람들을 떠올리며 쓴 단편소설이다. 이 소설은 1995년, 독일 플라우엔이라는 작은 도시를 배경으로 그곳에서 만난 한국인 가족과 베트남인 가족의 이야기를 그린다. 그들은 낯선 타국에서 서로를 의지하며 가깝게 지내다가 모두가 모인 저녁식사 자리에서 크게 다투게 된다. 한국인 소녀 '나'의 한마디에서 시작된 갈등이었다. 그녀는 두 가족이 모인 자리에서 '한국은 어느 나라도 침략한 적이 없다'는 말을 자랑스럽게 한다. 학교에서 그렇게 배웠기에 조금의 의심조차 하지 않은 채로. 이 한마디로 인해 평범했던 저녁식사 자리는 상처받은 베트남인 가족과, 그 상처를 인정하지 않으려는 한국인 아빠의 갈등으로 번진다.

'나'가 한번 더 강조하듯 "우린 정말 아무도 해치지 않았어요"라고 하자 친구 투이가 이렇게 말한다. "한국 군인들이 죽였다고 했어. (……) 그들이 엄마 가족 모두를 다 죽였다고 했어. 할머니도, 아기였던 이모까지도 그냥 다 죽였다고 했어. 엄마 고향에는 한국군 증오비가 있대."

미안하다고 고개 숙이는 '나'의 엄마와는 다르게 아빠는 이렇게 말한다.

"왜 당신이 나서서 미안하다고 말해? 당신이 뭔데?" 그는 한국군에 의해 가족이 몰살당한 투이 엄마에게 말한다. "이미 끝난 일 아닙니까? 잘못했다고 빌고 또 빌어야 하는 일이라고 생각하세요?" 그의 형은 베트남전에서 전사했다. 그는 자신 또한 상처받았다는 이유로 투이네 가족의 이야기를 제대로 듣지 않고, 진심어린 사과를 거부한다. 이 일로 결국 두 가족은 멀어지게 된다.

몇 달이 지나고 '나'의 가족이 독일을 떠나게 되었을 때, '나'는 마지막으로 만난 투이에게 말한다. "아무것도 몰랐던 거, 미안해"라고.

*

대학 시절 친구들과 전쟁 관련 세미나를 하며 읽었던 『전쟁의 기억 기억의 전쟁』*은 내게 잊을 수 없는 독서 경험으로 남

---

* 김현아, 『전쟁의 기억 기억의 전쟁』, 책갈피, 2002.

아 있다. 1998년, '피스보트'*가 베트남을 향해 출발한다. 그 안에는 한국 시민단체 활동가 십여 명도 올라타 있었다. 처음 이 일정을 계획했을 때만 해도 그들은 그곳에서 듣게 될 이야 기가 무엇인지 알지 못했다. 그들은 꾸앙남성 디엔반현에서 베트남 사람들로부터 한국군의 민간인 학살에 관한 증언을 듣 게 된다. 1967년 1월, 한국 해병에 의해 3,340명의 민간인이 죽었다는 이야기였다. 한국군은 학살 과정에서 죽은 시체를 불도저로 밀어버렸다고도 했다. 한국인 활동가들은 당황했다. 이런 이야기를 들어본 적이 없었기 때문이다.

그곳을 다녀온 활동가 중 한 사람이었던 김현아 작가가 현 장 답사를 제안한다. 김현아 작가는 답사를 준비하면서 베트 남전과 관련된 여러 자료를 찾았으나 민간인 학살에 대한 자 료는 찾기 어렵다는 사실을 알게 된다. 작가는 1999년부터 2001년까지 네 차례에 걸쳐 한국군에 의한 베트남 민간인 학 살 지역을 취재하고, 그곳에서 들은 생존자들의 증언을 기록 한다.

---

* 피스보트는 1982년 '일본 교과서 왜곡 사건'이 불거지고 이에 문제의식을 지 닌 일본 청년들이 중심이 되어 만들어진 시민단체. 일본군의 과거 흔적을 찾 아 현장을 답사하고 피해자나 생존자의 이야기를 직접 들으며 평화운동을 이어 나가고 있다.

1966년 음력 9월 27일 아침 일곱시경이었다. 우리들은 평상시와 다름없이 밥을 먹거나 일을 할 채비를 하고 있었다. 한국군은 마을로 들어오며 닥치는 대로 쏘았다. 밥을 먹다가, 젖을 먹이다가 사람들은 죽었다. 그리고 모아서 죽이기도 했다. (……) 그날의 학살로 난 부모님과 형, 동생, 형의 아이들, 동생의 아이들 모두 아홉 명의 가족을 잃었다.*

작가는 이어서 이렇게 쓴다. "말을 하는 도중 그는 울었다. 손으로 땅을 긁으며 울었다." 생존자들은 입을 모아 말한다. 여자와 노인, 아이 들을 그렇게 무참히 죽인 이유를 알 수 없다고. 베트남전에 참전했던 김영만씨는 작가에게 다음과 같이 말한다.

그 노래를 부르며 갔지요. 붉은 무리 무찔러 자유 지키러 삼군에 앞장서 청룡은 간다…… 하는. 베트콩은 다 빨갱이라고 생각했지요. 그렇지 않고서야 우리가 그 사람들을 죽일 아무런 이유가 없잖아요.**

---

* 김현아, 같은 책, 85~86쪽.
** 같은 책, 94쪽.

'빨갱이는 죽여도 된다.' 아니, '죽여야 한다'라는 기형적인 반공주의, 반공의 이름으로라면 누구든 죽일 수 있었던 문화와 논리가 병사들 안에 새겨져 있었으리라고 작가는 설명한다.

작가가 네번째로 답사에 참여했을 때 들은 또다른 베트남전 참전 군인의 이야기는 이 전쟁이 어떻게 양쪽 모두를 상처 입혔는지 잘 보여준다.

그날도 베트콩 용의자를 체포해왔어요. 그런데 전투가 없으면 심심하니까 용의자를 데리고 장난을 많이 쳤어요. "가라"고 한 뒤 뒤에다 총을 쏜다든지, (……) 네 명이서 구덩이에 세워놓고 총으로 쏘았어요. 한 삼 미터 앞이었나? 머리를 쏘니까 피보다 골이 많이 나오는 것 같더라고. 그래 대충 묻어놓고 왔어요. (……) 그날 저녁. 진지 입구에서 보초를 서던 중대원 한 명이 달려왔어요. 어떤 할머니가 와서 자꾸만 울면서 아무리 가라 해도 가지 않는다는 거였어요.

해가 막 지기 시작했을 때인데, 날이 흐렸어요. 할머니를 딱 쳐다보니…… 우리 고향 할머니처럼 키가 작고 얼굴이 동글동글했어요. (……) 아들한테 갖다주라는 소린 것 같아. 그걸 열어봤어. 고기 같은 것에다 죽을 쒔드라고. 그래서 내가 그걸 진지 내로 들고 왔어. 참 난감한 거야. 그래 고민하다가 땅바닥에 부어 내버렸어요. (……) 아무 말도 못하고 빈 그릇을 보여주면서 가라고 했지. 할머니가 그걸 열어보더니 그 자리에 털썩 주저앉아요. 그리고는 통곡을 하더라고. 그러니까 애들도 할머니를 껴안고 울고.*

사람을 장난삼아 죽일 수 있었던 병사는 왜 이 이야기를 전하고자 했을까. 그가 입은 외상은 어떤 종류의 것이었을까.

'죽이지 마라. 아이들은 죽이지 마라. 전쟁에도 룰이 있는 거다.' 이런 식으로 교육을 했으면 그렇게 막무가내로 죽이지는 않았을 겁니다. 그러나 내가 받은 교육은 이 새끼들도 크면 다 베트콩이 된다는 것이었습니다. 애비가 베트콩이면 자식도 베트콩이다. 왜 다 베트콩이 된다고 생각했을까. 우리야말로 베트남의 자유와 평화를 지키러 간 건데, 우리는 도대체 왜 그들을 죽였습니까.**

일본 정부는 단 한 번도 일본군 '위안부'의 존재를 사실 그대로 인정한 적이 없다. 생존자들이 당시의 기억을 증언하는 데도(물론 일본의 이런 모르쇠는 박정희 정부와 박근혜 정부

---

* 같은 책, 224~226쪽.
** 같은 책, 228쪽.

의 '한일 협상'이 한몫했다). 그들은 듣지 못하는 것이 아니라 듣지 않고 있다. 그런데 베트남전쟁과 관련해 우리 또한 그러했던 것은 아니었을까. 들을 수 있는데도, 듣지 않으려고 애써왔던 건 아니었을까.

2017년에 김복동, 길원옥 일본군 '위안부' 생존자는 "우리가 일본군 '위안부' 피해자로 이십 년이 넘게 싸워오고 있지만, 한국 군인들에게 우리와 같은 피해를 입은 베트남 여성들에게 한국 국민으로서 진심으로 사죄드립니다"라고 적힌 손팻말로 베트남에 사과의 뜻을 전했다.

「씬짜오, 씬짜오」에서 '나'가 투이에게 "아무것도 몰랐던 거, 미안해"라고 말하는 장면으로 돌아가고 싶다. 나는 그 대사 후에 "그 말이 아무것도 되돌릴 수 없다는 것을 알면서도"라고 썼다. 우리가 사과한다고 해서 죽은 사람들이 살아 돌아오는 것도 아니고, 상처받은 사람들의 고통이 사라지는 것도 아니다. 그러나 잘못을 잘못이라고 인정하지 않고 사과하지 않는다면, 최소한의 회복조차 가능하지 않을 것이다.

전쟁이라는 커다란 말 안에는 구체적인 사람들의 면면이 담겨 있다. 그 얼굴을 바라보지 않으려 하고 그 목소리를 듣지 않으려 한다면, 그 사람들의 얼굴을 지워버리기를 잘하는 폭력을 언제고 다시 용인하게 된다. 누구를 위해서? 누구를 위해서도 아닌 인간의 고통을 지어내는 전쟁을 위해서.

억울한 사람들의 고통이 누적된 시간이 역사일까. 그런 역사를 되풀이하고 싶지 않다고, 전쟁 범죄가 우리 테이블 앞에 놓인 하나의 선택지가 될 수는 없다는 것을 우리는 우리 스스로에게, 우리 다음 세대에게 약속해야 한다. 베트남에 다시 찾아간 참전 군인들은 말한다. 전쟁만은 안 된다고. 한국 군인들이 자신들을 왜 죽였는가를 묻는 생존자들의 목소리를 우리는 기억해야 한다. 어떤 당위만 달아놓으면 국가의 이름으로 무슨 짓이든 할 수 있다는 학살의 정치는 뼈아픈 자기반성 없이는 언제든지 다시 작동할 준비가 되어 있기 때문이다.

*

몇 년 전, 한국군의 베트남전 민간인 학살 문제를 다룬 연극 〈별들의 전쟁〉을 보러 대학로에 갔다. 극장 앞에 다다랐을 때 어느 노년 남성이 내게 팸플릿을 나눠줬다. 팸플릿에는 한국군이 베트남전쟁에서 단 한 명의 민간인도 학살한 적이 없으며 역사를 왜곡하는 연극 공연을 중단해야 한다는 주장이 담겨 있었다.

한국군의 베트남 민간인 학살은 역사적 사실이다. 가해자와 피해자의 숱한 증언과 증거자료가 존재한다. 그런데도 '단 한 명의 민간인 학살도 없었다'고 말하는 이유는 무엇일까? 우스운 주장이라고 무시하고 넘어갈 수 없는 이유는 그런 거짓 주장이 여전히 존재하는 피해자들을 계속해서 상처 입히고 있기 때문이다. 실제로 그렇게 주장하는 이들이 한국에 방문한 민간인 학살 피해자의 유가족들 앞에서 큰 소리를 내며 시위한 일도 있었다.

'한국군은 베트남전쟁에서 민간인을 죽인 적이 없다'는 메시지는 어떤 사람에게는 진실로 다가갈 수 있다. 그리고 그런 주장이 많은 사람에게 받아들여질수록 반박할 수 없는 분명한 역사적 사실이 '판단하기 모호한 어떤 것' '정치적 입장을 검증하는 리트머스시험지' 같은 것으로 변하게 될 위험이 있다.

지난 2024년에 한강 작가가 노벨문학상을 받자 몇몇 사람은 이런 말을 했다. 한강 작가의 『소년이 온다』창비, 2014가 '편향된 정치적 관점'에서 5·18을 다루었으며, 그래서 우려스럽다고. 무엇이 우려스럽다는 것일까. 무고한 시민들을 살해한 군사정권의 입장이 다루어지지 않아서? 사람들의 그런 말을 나는 민주주의를 수호하기 위해 죽음을 불사한 광주 시민과 역사적 진실을 필사적으로 지키고자 한 작가의 정신에 대한 폭력으로 이해했다.

현재 대한민국에서 살아가는 우리는 5·18 광주 민주화운동에 큰 빛을 지고 있다. 5·18을 부정하고 모욕하는 사람조차도 말이다. 엄정한 역사적 진실에도 불구하고 여전히 5·18을 북한군의 개입에 의한 폭도들의 폭동이라고 믿는 사람들이 있다. 5·18이 북한군 개입에 의한 폭동이라고 생각하면 보수이고 민주주의 운동이라고 생각하면 진보라고 여기는 사람들도 있다. 이것이 보수와 진보의 문제일까. 이것은 정치적인 입장이 아니라 사실과 거짓의 문제다. 거짓된 주장으로 사실을 오염시키려는 시도는 사회정신을 병들게 한다. 역사적 사실을 부정하고 왜곡하려는 시도가 만연한 이상, 상처받은 사람들이 오히려 손가락질받고 차별받는 역사는 반복될 것이다.

한국의 근현대사는 여전히 쓰이는 중이다. 국가 폭력과 폭력의 희생자들은 충분히 기억되지 못한 채 쉽게 잊혀왔다. 폭력은 망각과 왜곡에 의해 계속해서 반복되었다. 가해자들에게는 여지를 주는 방식으로, 피해자들에게는 무력감과 차별을 안기는 방식으로.

나치의 유대인 학살에 대해서 '다양한 역사적 해석의 여지가 있다'라거나 '유대인들의 거짓 주장이다'라고 말하는 사람이 있다면 그는 문제가 있는 사람으로 여겨질 것이다. 하지만 한국군의 베트남 민간인 학살이나 5·18 광주 민주화운동을 왜곡하는 사람들의 주장은 많은 이에게 수용되고 있다. 우리 사회가 역사적 진실을 분명히 세우지 않았기 때문이다.

프리모 레비는 그와 같은 아우슈비츠 생존자 시몬 비젠탈의 글로 『가라앉은 자와 구조된 자』의 서문을 연다. 시몬 비젠탈의 글에는 SS Schutzstaffel, 나치 친위대 군인들이 아우슈비츠의 포로들에게 냉소적으로 한 말이 쓰여 있다.

이 전쟁이 어떤 식으로 끝나든지 간에, 너희와의 전쟁은 우리가 이긴 거야. 너희 중 아무도 살아남아 증언하지 못할 테니까. 혹시 누군가 살아 나간다 하더라도 세상이 그를 믿어주지 않을걸. 아마 의심도 일고 토론도 붙고 역사가들의 연구도 있을 테지만, 확실한 건 아무것도 없을 거야. 왜냐하면 우리가 그 증거들을 너희와 함께 없애버릴 테니까. 그리고 설령 몇 가지 증거가 남는다 하더라도, 그리고 너희 중 누군가가 살아남는다 하더라도 사람들은 너희가 얘기하는 사실들이 믿기에는 너무도 끔찍하다고 할 거야. 연합군의 과장된 선전이라고 할 거고 모든 것을 부인하는 우리를 믿겠지. 너희가 아니라. 라거 강제수용소의 역사, 그것을 쓰는 것은 바로 우리가 될 거야.*

실제로 집단 학살의 흔적은 많은 부분 나치에 의해 인멸되었다. 하지만 살아남아 증언하는 사람들이 나타났다. 프리모 레

---

* 프리모 레비, 『가라앉은 자와 구조된 자―아우슈비츠 생존 작가 프리모 레비가 인생 최후에 남긴 유서』, 이소영 옮김, 돌베개, 2014, 9~10쪽.

비 또한 그들 중 하나였다. 그는 1944년 2월부터 1945년 1월까지 아우슈비츠에 강제 수용되었다. 이후 수용소에서 해방되었지만 폴란드, 우크라이나, 벨라루스, 루마니아, 헝가리, 오스트리아를 통과하는 긴 여정 끝에 1945년 10월에야 고향 이탈리아 토리노로 돌아간다.

그는 피폐해진 몸과 마음을 돌볼 새도 없이 고향에 도착하자마자 아우슈비츠에 대한 글을 쓰기 시작한다. 시간이 지나면 기억의 세부가 잊힐 위험이 있다고 생각해서였을 것이다. 그는 인간으로서의 존엄성이 바닥까지 짓밟힌 기억을 하나하나 글로 써내려간다. 그렇게 완성된 책이 『이것이 인간인가』이다. 책을 다 읽고 나면 '이것이 인간인가'라는 질문은 억압자에게도, 피억압자에게도 던질 수 있음을 알게 된다.

프리모 레비는 트라우마에 대한 기억은 그 자체로 트라우마라고 말한다. "트라우마를 회상하는 일은 고통스럽고 적어도 피해자의 마음을 심란케 하기 때문이다. 상처를 받은 사람은 고통을 되풀이하지 않기 위해 그 기억을 지우려는 경향이 있다."* 우리가 가장 끔찍했던 시간을 잘 기억하지 못하는 것은 어쩌면 인간의 무의식적인 본능인지도 모른다. 그런데도 그는 아우슈비츠에서의 일을 낱낱이 서술했다.

---

* 프리모 레비, 『가라앉은 자와 구조된 자』, 24쪽.

십여 년 전, 프리모 레비의 책을 처음 읽었을 때는 책의 내용 그 자체에 압도되었다. 시간이 흐르고서야 나는 그가 어떻게 그런 어려운 작업을 할 수 있었을지 생각하게 됐다. 나라면 그렇게 할 수 있었을까. 나의 인간 존엄성이 온전히 박탈당한 시간에 대한 기억을 하나하나 기록해나갈 수 있었을까. 그 질문에 나는 그렇다고 답할 자신이 없다.

　그는 거의 모든 아우슈비츠 생환자가 자신의 친척들과 지인들에게 아우슈비츠에 관해 이야기하는 꿈을 반복해서 꾼다고 전한다. 하지만 꿈속에서 다른 사람들은 생환자들의 말을 믿지 않는다. 그들로부터 등을 돌리고 침묵 속으로 떠나가버린다. 내게 벌어진 끔찍한 일을 믿어주지 않는 사람들, 심지어 그런 일이 없었다고 말하는 사람들…… 내가 겪은 일이 부정당하고 사람들이 나의 증언을 믿지 않는다. 그건 나의 존재 자체를 부정당하는 일과 같다.

　아우슈비츠의 포로들을 조롱했던 SS 대원의 생각대로 아우슈비츠에 대한 진실은 한동안 세상에 드러나지 않았다. 다른 수용소에 있었던 유대인들도 아우슈비츠의 이야기를 나중에야 알게 된다. 라디오에서 아우슈비츠 생활에 대해 증언했던 사람들도 있었지만 모두에게 받아들여지지는 못했다. 프리모 레비의 『이것이 인간인가』 또한 초판 이천오백 부를 찍은 이후로 절판될 정도였다. 하지만 생환자들의 증언과 곳곳에서 발견된 증거로 인해 나치의 전쟁범죄는 세상에 드러나게 된다. 관련자들이 법정에 오르고 처벌받았다.

전쟁범죄의 진실을 밝히고자 한 그러한 노력은 인간에 대한 최소한의 예의를 지키기 위해 필요한 행동이었다. 전쟁범죄를 묻어두고 잘잘못을 따지지 않았다면, 전쟁범죄 가담자들을 처벌하지 않았다면, 아우슈비츠는 SS 대원의 말대로 '확실한 건 아무것도 없는' 상처받은 사람들의 주장만으로 여겨졌을 테니까. 그런 식으로 나치의 범죄는 그들의 손을 떠난 뒤에도 철저하게 완성되었을 것이다.

베트남전쟁 민간인 생존자들을 향해 자신들에게는 죄가 없음을 소리 높여 주장하는 사람들의 얼굴 앞에서, 5·18을 '확실한 건 아무것도 없는' '해석의 여지가 다양한' 사건이라고 여전히 믿고 발언하는 사람들 앞에서 나는 이런 상황이 문제적 개인들의 책임만은 아니라고 생각한다. 이러한 발언이 가능한 사회적인 분위기, 역사적 진실에 무지하고도 당당한 태도, 인간에 대한 최소한의 예의를 상실한 폭력성, 인간의 트라우마를 대하는 잔인한 정서 같은 것을 생각하지 않을 수 없다.

역사적 사실을 부정하고, 오염시키고, 피해자들의 목소리를 조롱하는 사람들은 실질적인 가해자의 위치에 서 있다. 가해자가 사실을 그대로 인정하지 않고 사과하지 않으려 할 때 피해자는 미심쩍은 존재로, 때로는 비난받아야 할 존재로 그려진다. 역사를 왜곡하는 사람들은 자신들의 주장을 정당화하기 위해 오히려 피해자를 악마화하기도 한다. 그리고 그것은 숭고한 희생마저도 의미 없는 죽음으로 만들어버리려는 인간을 향한 폭력의 완성일 것이다.

어떤 사람들은 과거는 중요하지 않다고, 지난 일을 붙잡고 있을 필요가 없다고 말하기도 한다. '현재에 집중해야지. 그리고 미래를 생각해야지.' 하지만 과거와 무관한 현재와 미래란 존재하지 않는다. 성찰을 거치지 않는 한 역사는 같은 패턴을 변주하며 반복될 것이다. 모두가 알고 있듯이 기억은 정체성을 만들기 때문이다. 자기 정체성은 삶의 많은 선택에서 힘을 발휘한다. 집단적 정체성 또한 마찬가지다. 역사를 통해 배우지 않으려 하고 자신의 실수를 인정하지 않으려 한다면 나쁜 선택을 반복할 수밖에 없다.

*

몸과 마음의 병을 얻은 채로 아우슈비츠를 떠나 고향 토리노에 도착한 프리모 레비를 상상한다. 책상에 앉아 기억하고 싶지 않은 모든 순간을 낱낱이 써내려가던 그의 정신을 떠올린다. '잊고 싶지만 잊어서는 안 된다. 결코 잊혀서는 안 된다.' 그는 수없이 자신을 설득했을 것이다. 누구보다도 잊고 싫은 기억을 하나하나 끌어내는 건 계속해서 상처 입는 일이었을 텐데도. 하지만 그는 그렇게 했다.

아우슈비츠에서 그는 해프틀링 ^{Häftling, 포로}이었다. SS는 갓난아이부터 노인까지 아우슈비츠에 들어온 모든 수용자의 왼쪽 팔뚝에 숫자를 문신으로 새겼다. 수용자들은 이름 대신 숫자로 불렸다. 프리모 레비의 숫자는 174517이었다. 그는 이 문신을 아우슈비츠에서 나와서도 지우지 않았다. 아우슈비츠의 문신을 지니고 '살아 있는' 사람이 별로 없었기에, 그런 방식으로라도 아우슈비츠를 증언하고 싶어서였다. 그의 묘비에도 174517이 새겨져 있다.

기억은 사람을 대하는 태도이자 해석의 문제이기도 하다. 프리모 레비는 자신의 글을 통해 '유대인 사망자 육백만 명'이라는 숫자 아래 가려진 개개인의 삶과 존엄을 인식하게 했다. 그의 글은 모든 포로에게 같은 죄수복을 입히고 머리카락을 잘라 모두를 몰개성한 물질적 대상으로 전락시킨 SS의 수법에 대한 저항이었다.

그의 글을 통해서 나는 수용소에 도착하자마자 살해당한 세 살짜리 에밀리아가 밀라노 출신 엔지니어 알도 레비의 딸이며 호기심이 많고 대담하며 활발하고 똑똑한 아이였다는 것을 알았다. 아우슈비츠로 향하는 기차에서 에밀리아의 부모는 함석통에 담긴 미지근한 물로 그애를 목욕시키기도 했다. 스무 살의 베포는 자신이 '선발'로 뽑혀 가스실에 가게 되었다는 사실을 알고 아무 말도 없이 침대에 누워 작은 전등만 뚫어져라 바라봤다. 헝가리인 크라우스는 아우슈비츠에서까지도 피고용인의 정직함을 지니고 일했다. 그런 태도가 위험하다는 것을 모르는 채로. 아우슈비츠에서 태어난 후르비넥은 한 번도 나무를 보지 못하고 세 살 무렵 병에 걸려 죽었다……

프리모 레비의 글에는 그의 감정이 별로 드러나지 않는다. 그는 있었던 일을 객관적 사실 그대로 기록하고 그것에 주관적인 설명을 붙이는 것을 최소화했다. 그런 그의 글에서 비교적 직접적으로 감정이 드러난 부분이 있다. 비르케나우 화장터의 소각로를 폭파하는 반란에 가담한 남자가 교수형을 당하는 장면이다. 그 남자는 교수형을 받기 직전에 "동지들, 내가 마지막이오"라고 외친다. 프리모 레비를 포함한 모든 사람은 그 모습을 보며 신음조차 내지 못한다. 프리모 레비는 그 순간을 기억하며 이렇게 쓴다.

인간을 파괴하는 것은 창조하는 것만큼이나 어려운 일이다. 쉬운 일도, 간단한 일도 절대 아니지만 독일인, 당신들은 그 일에 성공했다. 당신들의 눈앞에 온순한 우리가 있다. 우리 때문에 두려워할 필요는 전혀 없다. 반란 행위도, 도전적인 말도, 심판의 눈길조차 없을 테니까.

(……) 우리는 망가지고 패배했다. 이 수용소에 적응할 수 있었다 해도, 마침내 우리의 식량을 마련하는 법을 배우고 고된 노동과 추위를 견디는 법을 배웠다 해도, 그리고 우리가 다시 돌아갈 수 있다 해도 그 사실은 바뀌지 않는다.*

신음조차 낼 수 없는 침묵…… 그는 그 침묵 속에서 나치가 인간을 파괴했음을 선언한다. 그리고 그 상태는 아우슈비츠를 벗어나 자유인이 된다고 하더라도 '바뀌지 않는다'고 말한다. 이 장면을 읽으며 나는 화학자였던 프리모 레비가 작가로 다시 태어난 이유를 이해할 수 있을 것 같았다. 그는 인간으로 돌아가기 위해서 기억하기를 선택했다. 기억하고 말함으로써 침묵을 깨뜨리기로.

그는 나치의 유대인 학살의 목적이 단지 유대인의 수를 줄이는 데에만 있지 않았다고 봤다. 유대인의 수를 줄이기 위해서였다면 곧 숨을 거둘 것이 자명한 병든 노인을 아우슈비츠로 향하는 기차에 신지 않았으리라는 것이다. 유대인은 고통스럽게 죽어야 했다. '무의미한 고통'의 목표는 결코 무의미하지 않았다. 그것은 갖가지 방식으로 인간에게 고통을 안김으로써 최종적으로는 인간의 존엄을 박탈하려는 시도였다. 나는

* 프리모 레비, 『이것이 인간인가─아우슈비츠 생존 작가 프리모 레비의 기록』, 이현경 옮김, 돌베개, 2007, 228~229쪽.

그의 글을 읽으며 나치가 지녔던 그 집단적 악의가 인간 존재 내부에 있으며 환경에 따라 언제든지 발현될 수 있는 성질의 것이라고 느꼈다. 그렇기에 그의 기억은 '먼 옛날에 있었던 사실'로 고정되지 않는다.

나치는 사회문제의 근원이 유대인에게 있다고 주장했다. 그러므로 그들은 노인부터 갓난아이까지 모두 멸滅해야 했다. 제주 4·3 사건, 한국전쟁 민간인 학살의 희생자들이 인간이 아니라 죽여야 할 '해충'으로 취급받았던 것처럼. 자신들의 가치관 안에서 '멸'해야 하는 인간은 대화할 수 없는 존재, 공존할 수 없는 존재, 즉결처분이 필요한 적이었다. 베트남에 파병을 나간 한국 군인들은 '아이들도 자라면 베트콩이 된다'는 말을 듣고 어린이를 살해했다. 그들이 살해한 대상은 얼굴이 없는, 오로지 멸해야 하는 해충이었을 뿐이다. 제노사이드나 전시 민간인 학살의 정언인 '멸해야 한다'는 인류 역사의 가장 추악한 모습이었다.

세상은 언어를 통해 구성된다. 공적인 자리에서조차 사람들이 '멸공滅共'을 말하는 현실은 '멸공'을 이유로 들어 벌어진 대량 살육의 역사를 성찰하지 않는 사회이기에 가능한 일이다. 사람에게 '벌레 충蟲' 자를 붙이는 일도 그렇다(약자나 약자성에 이런 말을 붙이는 경우가 많다). 이런 언어가 공공연하게 사용되는 사회는 기회만 된다면 언제든지 파시즘의 싹을

틔울 수 있다. 반성하지 않고 성찰하지 않고 기억하지 않는 일
은 그래서 위험하다.

*

　많은 이가 지적하듯이 한국사회는 집단 트라우마를 앓고 있
다. 내 조부모 세대는 식민 지배와 전쟁을 경험했으며 내 부
모 세대는 군사독재와 성장 제일주의하의 비인간적인 노동조
건을 경험했다. 내 세대는 IMF 이후의 신자유주의 경제체제
와 불안정한 노동환경, 고도의 경쟁을 경험했다. 비록 내가 직
접적으로 한국전쟁과 군사독재를 경험하지 않았더라도 그 역
사는 지금의 나를 구성하고 있다. 식민 지배와 전쟁을 경험한
조부모의 트라우마가 부모 세대로 전해졌고 부모 세대가 겪은
군사주의적, 권위주의적 시스템에 대한 트라우마가 내 세대에
도 전해졌기 때문이다. 역사로부터 자유로운 사람은 세상 어
디에도 없다.

　트라우마의 기억을 마주하는 것은 고통스러운 일이다. 그
것을 외면하고 없던 일처럼 여기는 것이 지금까지 한국사회
의 집단 정서였다는 생각이 든다. 당장 먹고살기도 바쁜데 지
난 일을 들춰볼 여유가 없다는 것이 표면상의 이유였겠지만,
어디서부터 소화해야 하는지, 어떻게 대면해야 하는지 감당이

안 될 정도로 집단 트라우마의 크기가 크기 때문일 수도 있다.

하지만 기억을 외면하고 더 나아가 부정하기까지 한다면, 고통을 겪은 당사자들의 입을 막고 듣지 않으려고 한다면 우리는 더 어두운 곳으로 내려갈 수 있다. 어쩌면 예전보다도 더 어두운 지점으로. 성폭력 생존자이기도 한 철학자 수잔 브라이슨은 이렇게 썼다.

우리는 죄악이 우리를 무너뜨렸다는 사실을 똑바로 바라봐야만 하고 또 알려야만 한다. 그렇게 하는 것만이 우리가— 또는 다른 사람들이 다시 희생자가 되는 일을 막을 수 있게 해준다. 어쩌면 우리를 가장 지치게 만드는 후기억은 침묵에 의해 주입된 것인지도 모른다. 우리를 해방시켜주는 이야기를 지속적이고 적극적으로 만들어가는 데 참여할 수 있는 방법은, 오직 자신의 과거를 기억하고 그 기억을 이야기 속에 담아 말하는 것, 자신이 겪은 일들을 말하고 다른 이들이 겪은 일들을 듣는 것이다. 이것은 제한된 과거 속에 우리를 구속하는 대신, 자유롭게 상상하는 그리고 우리가 바라는 미래가 드러날 수 있게 하는 바탕을 만든다.[*]

[*] 수잔 브라이슨, 『이야기해 그리고 다시 살아나』, 여성주의 번역모임 '고픈' 옮김, 인향출판사, 2003, 220쪽.

과거를 기억하고, 그 기억을 이야기 속에 담아 말하는 것, 그리고 다른 이들의 경험을 듣는 것. 그런 일들이 점점 더 어려워지는 우리 사회의 분위기를 감지한다. 고통을 호소하는 이들에게 낙인을 찍고 경멸하고 조롱하는 정서가 어느 때보다도 만연한 요즘인 것 같다. 프리모 레비는 어떤 사회라도 대화를 포기하고 파시즘으로 흐를 때 언제든 수용소를 만들어낼 수 있다고 말했다. 우리는 더 대화해야 한다. 우리의 과거에 대해서, 우리가 겪어온 시간에 대해서 말하고 들을 기회가 더 많이 주어지기를 바란다. 과거를 바로 세울 때 미래가 달라질 수 있다고 믿는다. 무책임한 비관주의로 기우는 것을 경계하면서.

그날 이후

단원고등학교 4·16 기억교실을 방문한 적이 있다. 그곳에서 나는 '단원고 학생 250명'이라는 숫자로는 설명할 수 없는 현실을 느꼈다. 학생 없는 교실, 주인 없는 250개의 책상과 걸상, 텅 빈 한 층, 그곳에 앉아 울고 있는 사람들…… 그곳에서 그들의 죽음에 함부로 말을 얹을 수 있는 사람이 있었을까. 세월호 참사에 대해, 유가족에 대해, 그리고 희생자들에 대해 어떤 식으로든 이야기할 수 있는 사람이 있었을까. 누구라도 그 공간에 들어선다면 고개를 숙이고 입을 다물 수밖에 없으리라고 생각했다.

그곳에는 너무도 명백한 죽음이, 그리고 삶이 함께하고 있었다. 친구들과 가족들, 그리고 방문객들이 책상 위에 적어놓은 메시지를 읽으면서 나는 희생자들의 삶을 떠올렸다. '잊지 않을게.' '기억하겠습니다.' 잊지 않겠다는, 기억하겠다는 약속은 세월호 참사를 마주한 사람들의 뼈아픈 다짐이었다.

2014년 4월 16일 이후로 나는 '기억'이라는 행위가 투쟁이라는 것을 다시금 깨달았다. 참사의 원인을 알아내고 진실을 규명하기 위해 유가족은 끝없이 정부와 맞서 싸워야 했다. 초기에는 진상 규명에 힘쓰겠다고 유가족을 달래던 정부는 시간이 지나자 태도를 바꿔 참사의 진실을 찾는 일을 방해했다. 언론은 유가족이 '보상금'이나 '특혜'를 두고 무리한 요구를 하는 이기적인 집단으로 보이게끔 묘사했다.

참사가 발생하고 다섯 달이 채 되지 않았을 때는 극우 온라인 커뮤니티 이용자들이 피자와 치킨을 먹으며 단식투쟁을 하는 유가족을 조롱했다. 경찰은 유가족이 청와대로 행진을 시도할 때마다 무리한 진압을 했으며, 세월호 일주기를 앞두고 특별법 시행령 폐기를 요구하는 집회에서는 유가족을 포함한 시민들에게 최루액을 사용했고, 한 달 뒤인 5월 2일 새벽에는 최루액을 섞은 물대포를 발사했다. 캡사이신을 묻힌 장갑을 유가족의 얼굴에 비비기도 했다. 그 시간 동안 유가족이 바란 것은 오직 진실 규명이었다. 배가 왜 침몰했는지, 구조할 수 있는 충분한 시간이 있었는데도 왜 그렇게 하지 않았는지 알고자 한 것이었다.

그런 유가족을 비난한 건 일부 언론이나 극우 커뮤니티 이용자들만이 아니었다. '시끄럽다' '더는 듣고 싶지 않다'는 것이 세월호 참사에 대한 일부의 여론이었다. 언론에서 세월호 유가족이 '특혜'를 원한다는 식의 왜곡된 보도를 할 때면 유가족을 향한 폭력적인 여론은 더 거세졌다.

그런 여론은 세월호 생존 학생들을 향하기도 했다. 어떤 이들은 희생자들에 대한 모욕도 서슴지 않았다. '표현의 자유'를 빌미로 행해진 폭력에는 기준선이 없었다. 4·16생명안전공원 설립에 대해서 '납골당'이라는 '혐오시설'이 집값을 떨어뜨린다고 반대하는 주민들과 이런 여론을 이용하는 정치인들이 있었다. 세월호 참사로 잃은 아이들을 '혐오'하는 사람들 속에서 유가족이 감내해야 했던 고통은 어떤 것이었을까.

세월호 참사로 상처받은 이들을 사회적으로 고립시키고자 한 시도는 어쩌면 그 의도보다 더 큰 성공을 거두었는지도 모른다. 우리 사회는 사회적 참사의 피해자들에게 냉혹하다. 아주 짧은 시간 동안 '동정'해줄 수는 있지만 피해자들의 목소리를 진심으로 들으려고는 하지 않는다. 거의 자동적으로 이루어지는 이러한 반응은 한국의 근현대사에서 일정하게 반복되어왔다.

416세월호참사 작가기록단 재난참사기억프로젝트팀이 지은 『재난을 묻다』는 한국사회에서 반복돼온 참사의 연대기를 담았다. "왜 우리는 익숙한 슬픔을 반복하는가"라는 질문으로 시작하는 책에서 작가들은 1970년 남영호 침몰 참사부터 2014년 장성효사랑요양병원 화재 참사까지 일곱 가지 참사에 대해 기록한다. 각각의 참사는 다른 시간 다른 장소에서 벌어졌지만 참사의 원인, 진상 규명 과정, 책임자 처벌 문제, 유가족에 대한 국가의 태도 등에서 비슷한 성격을 보인다. 유가족은 어떤 이유로 그런 참사가 벌어진 것인지 알고자 하는 순간부터 국가와 싸워야 했다.

해정 작가가 기록한 남영호 침몰 참사는 1970년 12월 15일, 최소 319명에서 최대 337명이 사망한 사건이다. 유가족은 조속한 시신 인양 및 진상 규명을 요구했지만 정부는 이를 묵살한다. 유가족이 부산 해운국과 파출소로 항의 방문을 했으나 긴급 출동한 경찰들에게 전원 연행된다. 경찰은 사이비 유족의 개입 의혹을 제기하고, 독재정치는 유가족의 애도를 막아 세운다. 당시 대통령 박정희는 남영호 참사에 대한 보고를 받으면서 "'부정부패는 물론 나쁘지만 그보다 더 나쁜 것은 군인 및 일반 국민들의 기강이 해이해지는 것'이라고 질책하곤, 제3차 경제개발 5개년 계획을 차질 없이 준비하라"고 당부했다.[*]

* 416세월호참사 작가기록단 재난참사기억프로젝트팀, 『재난을 묻다―반복된 참사 꺼내온 기억, 대한민국 재난연대기』, 서해문집, 2017, 59쪽. 이하 인용시 본문에 쪽수만 표시한다.

강곤, 박현진 작가가 기록한 씨랜드 화재 참사는 1999년 6월 30일, 23명이 사망하고 6명이 부상당한 사건이다. 다섯 살, 여섯 살 난 어린아이들을 잃은 부모들은 수사 상황을 알고 싶어서 경찰서로 달려간다. 그러나 중무장한 경찰들은 의사소통을 거부하고 "변호사만 자료 열람이 가능하니 돌아가라"(74쪽)고 말하고 사라진다. 유가족은 변호사를 선임하지만 역시 경찰의 비협조로 자료의 오분의 일도 보지 못한다. 유가족은 사건 한 달 후 국무총리와의 면담을 요구하며 정부종합청사 앞으로 시위를 하러 갔다가 버스째 견인을 당하기도 한다.

화성군 부군수는 유가족에게 "내가 아이들을 죽였냐?"라고 발언하고 경기도 여성 국장은 "정부가 거기에 보내라고 했냐?"(75쪽)라고 말한다. 시신 확인이 필요하니 국과수로 와 달라는 소식을 듣고 온 유가족에게 담당자는 "이렇게 떼거지로 몰려오면 어쩌자는 겁니까?"(같은 쪽)라는 말을 하기도 한다. 씨랜드 사건 수사는 유가족을 배제한 채 사건의 조기 수습만을 꾀한 경찰과 정부에 의해 정확한 진상 규명 없이 종료되었다.

박희정, 이호연 작가가 기록한 대구 지하철 화재 참사는 2003년 2월 18일에 일어났다. 이 사건으로 192명이 사망하고 151명이 부상당했다. 현장 보존이 되어야 하는 사건임에도 대구시는 참사 다음날 군병력을 동원해 사건 현장을 '청소'한다. 2003년 3월, 대구 지하철 참사 시민사회단체 대책위가 조해녕 당시 대구시장과 윤진태 전 대구지하철공사 사장을 각각 증거인멸 혐의와 업무상 중과실 치사 혐의로 대구지검에 고발하자, 당시 한나라당 소속 의원들은 '정치적 마타도어^{흑색선전}가 있다'라고 발언한다(122쪽). 매일신문 정재완 사장은 유가족의 집회를 두고 "대구의 체면이 구겨지지 않을까 염려된다. 지하철 사고 때 유족이라고 해서 절대 법 위에 있는 것은 아니다" "술 취한 주정꾼이 경찰서에 들어와서 컴퓨터를 부수고 하는데 이런 경우가 어디 있는가? 미국 같으면 총이라도 맞았을 것이다"(123쪽)와 같은 발언을 한다.

매일신문 논설위원 윤주태는 3월 13일자 사설을 통해 대구 지하철 참사 사건의 해결 방안을 놓고 시민사회가 '이념의 벽'에 부딪혔다면서 "대구의 경제와 민심이 어지러운 판에 사고를 빨리 수습"해야 한다며 "희생자들의 억울함과 유족들의 슬픔이야 천번 만번 이해하지만 U대회 같은 국제 대회를 앞둔 시점에서 이를 원만히 매듭짓지 못하면 대구는 그야말로 삼류도시로 전락한다"(124~125쪽)라고 주장한다. 객관적인 시선을 가장해 '이념의 벽' 운운하면서 진상 규명을 도시 발전의 걸림돌로 치부한 것이다.

내가 이 글을 쓰고 있는 2024년 1월, 국민의힘은 윤석열 대통령에게 국회에서 가결된 '이태원 참사 특별법'에 대한 거부권 행사를 건의하기로 당론을 정했다. 이태원 참사 유가족은 특별법이 정부에 이송되는 즉시 공포할 것을 대통령에게 촉구하고 있다. 며칠 전에는 11명의 유가족이 한겨울의 길 위에서 자식들의 영정 사진을 안고 삭발 시위를 했다.

2022년 10월에 벌어진 이태원 참사는 159명이 생명을 잃고 195명이 부상을 당한 사건이다. 핼러윈 데이에 이태원에 사람들이 많이 모일 것은 예상되는 일이었고 바로 그 전해까지도 경찰기동대가 투입되어 통행로를 확보하고 인원을 통제하는 등 안전사고를 막는 임무를 담당했다. 하지만 2022년 10월, 참사 당일의 그곳에는 경찰기동대가 배치되지 않았다. 당일 안전사고를 염려한 여러 시민의 신고에도 불구하고 경찰기동대는 지원되지 않았다.*

그때 국가는 어디에 있었나. 헌법에 명시되어 있듯 국가는 재해를 예방하고 그 위험으로부터 국민을 보호하기 위하여 노력해야 한다. 하지만 이태원 참사 이후 국가기관의 책임자들은 피해자들과 유가족에게 진심어린 사과를 하지 않았으며 자신의 책임을 부정하고 참사의 원인을 개개인에게 돌리고자 했다. 국회에서 가결된 이태원 참사 특별법에 대해 대통령이 거부권을 행사하는 것은 참사에 대한 국가의 책임을 부정하는

---

* 「경찰 기동대, '이태원 참사' 발생 1시간 지나서야 출동 지시 받았다」, 프레시안, 2022. 11. 6.

태도로밖에 보이지 않는다. 국민을 보호하고 재해를 예방해야 하는 국가의 의무를 다하지 못했음을 인정하고 희생자들과 유가족에게 사죄하며 다시는 이런 일이 벌어지지 않도록 하겠다고 약속하는 것이 상식적인 정부의 모습일 것이다. 책임을 부정한다고 해서 참사 당일 국가가 국민에 대한 의무를 방기했다는 엄정한 진실이 사라지는 것은 아니다.

유가족과의 의사소통 거부, 책임 부정, 폭력적인 진압, 진상규명에 비협조적이거나 방해하는 태도, 수사 조기 종결, 유가족을 '정치적 세력'으로 규정하고 모욕하거나 사회적으로 고립시키는 시도 등은 한국사회의 대규모 참사에서 반복적으로 나타나는 특징이다. 지나간 일은 잊고 '빨리빨리' 미래를 향해 나아가자는 태도, 참사를 국가나 도시의 '체면' '이미지' 문제로 인식하고 보이지 않도록 '치워버려야 한다'는 폭력적인 생각 또한 긴 시간 동안 반복되고 있다.

고병권은 그의 책 『묵묵』에서 '책임 responsibility'이란 단어를 다음과 같이 해석한다. "이 말은 'response'(응답)라는 말과 'ability'(할 수 있음)라는 말의 합성어다. 요컨대 '책임'을 글자 그대로 풀면 '응답할 수 있음'이 되는 것이다."* 그는 '응답한다'는 것은 그전에 '말 걸어옴'이 있다는 뜻이며, 그렇기에

---

* 고병권, 『묵묵—침묵과 빈자리에서 만난 배움의 기록』, 돌베개, 2018, 48쪽.

'응답'은 일종의 '말하기'이지만 단순한 말하기가 아니라 '듣기'를 전제한 말하기라고 설명한다. "요컨대 책임은 '듣기'를 전제로 해서만 성립하는 '말하기'라고 할 수 있다. 바꾸어 말하면 들을 수 없는 존재는 책임질 수도 없다. 듣지 못할 때 우리는 근본적으로 무책임하다."* 피해자와 유가족의 목소리를 듣고자 하지 않았던 참사의 역사는 사실상 참사를 책임지지 않고자 했던 무책임의 역사였던 것이다.

*

　나는 사람의 죽음을 바라보는 시선이 한 사회의 인간성에 대한 척도라고 생각한다. 죽음을 대하는 방식이 곧 인간을 대하는 방식이라고 말이다. 애도는 인간을 인간답게 하는 일이자 동시에 인간의 권리이기도 하다. 애도의 기간과 방식은 오로지 애도하는 사람에게 달려 있다. 참사 유가족과 생존자들을 향해 '왜 아직까지 그 이야기를 하느냐' '울려면 혼자서 조용히 울어라'라는 식으로 애도의 기간과 방식을 비난할 수 있는 사람은 세상 그 어디에도 없다. 하지만 우리 사회는 참사로 사랑하는 이들을 잃은 사람들과 함께 애도하는 일에 인색하

---

* 같은 책, 48~49쪽.

다. 특히 공적인 영역에서 참사 희생자들을 애도하는 일에는 일말의 인내심조차 발휘하지 않는다.

주디스 버틀러는 애도의 불공정함을 이야기한다. 사람들은 자신들이 인간으로 인정하지 않는 자의 죽음은 보지 못한다. 뒤집어 말하면 애도되지 않는 존재는 애초에 인간으로 상정되지 않는 것이다. 그는 애도의 불공정함이야말로 사회에서 누구를 인간으로 규정하는지, 누구의 삶을 삶으로 인정하는지 보여주는 증거라고 주장한다. "슬퍼할 만한 삶이 아니라면, 그것은 삶이 아니다. 삶으로서의 자격이 없고 주목할 가치가 없는 것이다."[*] 참사 이후 유가족을 향한 정부 기관의 태도는 희생자들에 대한 애도를 적극적으로 저지하는 시도였다. 희생자의 죽음을 빨리 잊고 지워버리려는 것은 곧 희생자의 삶을 기억할 만한 가치가 없는 것, 의미 없는 것으로 처리하고자 하는 "탈실재화의 폭력"[**]이었다.

주 52시간에서 주 69시간으로 노동시간 개편을 추진하면서 동시에 저출생 문제를 논의할 수 있다고 믿는 그들의 '상식' 속에서 인간은 노동력이나 재생산 도구 그 이상도 이하도 아니다. 인간을 인간답게 대우하지 않는 사회에서 참사는 반복

---

[*] 주디스 버틀러, 『위태로운 삶―애도의 힘과 폭력』, 윤조원 옮김, 필로소픽, 2018, 66쪽.

[**] 같은 책, 65쪽.

된다.

세월호 참사에 대해 '놀러가다가 사고 난 걸로 유난'이라던 일부 여론을 기억한다. 세월호 참사와 천안함 참사의 보상금을 비교해 보도하던 언론을 기억한다. 이태원 참사 희생자들을 향한 시선은 더 차가웠다. '놀다가' 사망했으니 애도할 필요가 없다는 여론이 참사 발생과 동시에 일어났다. 희생자들을 비난하고 조롱하는 사람들도 있었다. 세월호 참사 희생자인 고故 유예은 학생의 아버지 유경근씨는 이렇게 말한다.

우리가 제일 많이 들었던 말이 '나라 지키다 죽은 것도 아닌데'였어요. 그럼 나라 지키다 죽은 건 1등급 죽음이고, 수학여행 가다가 죽은 건 7등급 죽음인가? (……) 우리 사회는 사람들의 죽음, 유가족의 고통을 바라볼 때 자꾸 사회적인 의미를 따져요. 희생자와 유가족 입장에서 그 아픔을 생각하는 게 아니라. 심지어는 유가족이 어떻게 하느냐에 따라서 희생의 가치가 높아지기도 하고, 낮아지기도 해요.

돈이 많든 적든, 나이가 많든 적든 생명의 가치는 같다고 얘기하잖아요? 그런데 죽고 나면 갑자기 등급을 나눠요. 인권은 등급도 없고, 경중도 없고, 가치의 높고 낮음도 없는데. 진보니 보수니 다 떠나서 우리 사회가 죽음의 종류와 등급을 나누지 말고, 유가족의 상을 강요하지 않았으면 좋겠다. 모든 죽음의 의미와 유가족이 겪는 고통은 죽음의 종류와 관계없이 똑같다는 걸 받아들였으면 좋겠다. 그렇지 않다면 같은 문제들이 반복된다는 거죠.*

그의 말처럼 중요한 것은 참사를 유가족의 입장에서 바라보는 것이다. 그곳에 고통이 있다는 것을 인정하는 것이다.

엘리자베스 퀴블러 로스는 다음과 같이 썼다. "우리의 고통은 다른 사람을 매우 불편하게 만든다. 그것은 그들에게 자신의 고통을 생각나게 만들며, 그들 자신의 삶도 얼마나 불안정한지를 깨닫게 한다. 그것은 엄연히 자기만의 고통과 두려움이다. 이것은 누군가에게 이런 말을 내던지게 만든다. '당장 이겨내요.' '육 개월이 지났는데 아직도 슬퍼하실 건가요? 아니 평생 동안 슬퍼할 건가요?'"**

그의 말처럼 우리 또한 언제든지 그들과 같은 고통을 겪을 수 있다는 자각은 두려움을 끌어내 심지어 고통받는 이에게 상처를 주는 방식으로 발현될 수 있다. 세월호 참사의 유가족을 '그들'로 타자화하고 '우리'와 분리하여 비난하고 고립시키

---

* 416세월호참사 작가기록단, 『그날이 우리의 창을 두드렸다―세월호의 시간을 건너는 가족들의 육성기록』, 창비, 2019, 370쪽.

** 엘리자베스 퀴블러 로스, 데이비드 케슬러, 『상실 수업―〈인생 수업〉 두번째 가르침』, 김소향 옮김, 이레, 2007, 296쪽.

고자 했던 모든 목소리는 이러한 두려움에 먹이를 던져주었다. '그들'과 '우리'는 다르다고. 하지만 정말 그런가.

세월호 참사를 지나며 '공감을 강요하지 말라'는 목소리가 곳곳에서 들려왔다. 아무도 공감을 강요하지 않았지만 '강요받았다'고 주장하는 것은 고통을 겪는 이들의 마음에 공감하고 싶지 않다는 말의 다른 표현이었다.

리베카 솔닛은 그의 책 『멀고도 가까운』에서 "타인에게 공감함으로써 자아는 확대되지만 그다음엔 자아도 위험과 고통을 분담하게 된다"*고 썼다. 그렇다면 공감을 통한 고통은 불필요한가. 그는 이렇게 주장한다. "고통에도 목적이 있다. 고통이 없다면 우리는 위험에 처하게 된다. '느낄 수 없는 것에 대해서는 돌보지도 않는다.'"** 그는 나병환자의 피부를 상하게 하는 것은 아무런 감각을 느낄 수 없는 상태라고 설명한다. 고통을 느낄 수 없기에 스스로 손가락과 발가락을 베이고 화상을 입고, 결국 그 부위를 잃게 된다는 것이다. "반면에 고통은 지켜준다."*** 타인의 고통에 고통을 느끼지 못하는 사회는 위험으로부터 안전할 수 없다. "고통이 몸의 경계를 정하는 것

---

* 리베카 솔닛, 『멀고도 가까운—읽기, 쓰기, 고독, 연대에 관하여』, 김현우 옮김, 반비, 2016, 170쪽.
** 같은 책, 151쪽.
*** 같은 책, 153쪽.

이라면 당신은 감정을 이입함으로써, 그들의 고통에 함께 아파함으로써, 어떤 사회 구성체의 일부가 되는 셈이다."*

공감만큼 중요한 것은 우리가 참사로 인해 고통받는 유가족과 생존자들의 고통을 결코 짐작조차 할 수 없다는 사실을 아는 일이다. 그들의 고통을 알지 못한다는 것. 처음부터 알지 못했고 지금도 알지 못하며 앞으로도 알지 못하리라는 것을 알아야 한다. 종종 참사 유가족의 고통을 '안다'고 말하는 이들이 있다. 유가족의 '유난함'을 공격하기 위해 수사적으로 '안다'고 말하는 사람들, 자기가 하고 싶은 말을 하기 위해 유가족의 고통을 끌어다 쓰는 사람들, 무의식적으로, 의식적으로 그렇게 믿고 말하는 사람들……

『고통을 말하지 않는 법』에서 마리아 투마킨은 이렇게 썼다.

타인의 고통을 이해하는 데는 한계가 있다. 그 한계를 무시하면 타인들은 곧 상징의 집합체로 변해버린다. 우리 자신이 좋아하는 음료만 골라 담은 물통으로, 일종의 도구로 변해버리는 것이다. 타인을 온전한 인간으로 받아들인다는 건 그의 어떤 점이 우리와 다른지 알아차리는 것이며, 또한 그 다른 점을 굳이 비틀어 숭고함에 가까운 무언가로 왜곡하지 않

---

* 같은 책, 157쪽.

는 것이다.*

*

세월호 참사는 시민 개개인에게 이 사건에 대한 자신의 책임을 묻게 했다. 안전하지 못한 사회, 국가의 기능이 정상 작동하지 않는 사회를 만들어낸 책임이 자신에게도 있다고 성찰하게 했다. '기억하겠습니다' '잊지 않겠습니다'라는 말은 안전한 사회, 이런 슬픔이 반복되지 않는 사회를 만들어가겠다는 다짐이기도 했다. 기억하지 않으면 고통은 반복될 수밖에 없다는 것. 나는 그것이 기억의 역할이라고 생각했다.

시간이 지나며 나는 기억에는 다른 의미가 있다는 걸 깨달았다. 현재를 위해, 미래를 위해 과거를 기억하는 것은 분명 의미 있는 일이지만 참사를 기억하는 일에는 그만큼이나 중요한 다른 의미가 있다고 말이다. 참사를 기억하는 것은 희생자들을 하나의 대상이나 이미지, 숫자로만 생각하는 일에서 벗어나는 것이다. 희생자 한 사람 한 사람이 고유한 영혼을 지닌 존엄한 인간이었다는 사실을 잊지 않는 것이다. 고 박시찬 학생의 아버지 박요섭씨는 이렇게 당부한다.

---

* 마리아 투마킨, 『고통을 말하지 않는 법』, 서제인 옮김, 을유문화사, 2023, 212쪽.

250명의 아이들을 하나하나 기억해달라…… 시찬이 입장에서 생각했을 때도 모든 친구들의 이야기가 기억되는 걸 원할 거라는 생각이 들어요. 진짜 멋진 녀석이거든요. 제가 쭉 보니까 다른 아이들도 다들 멋진 녀석들이더라고요. 우리 합창 연습하다 쉬는 시간에 그 주간에 생일인 아이들, 몇 반의 누구누구누구 이렇게 기억을 하거든요. 이 아이는 이런 생각을 했고 이런 꿈을 갖고 있었구나. 이야기를 듣다보면, 정말 예쁜 아이였구나, 정말 멋진 아이였구나, 이런 것들이 보여요. 정말 다들 보석 같은 아이들이었구나.*

기억한다는 건 희생자 한 명 한 명의 삶에 대해 계속해서 듣는 일이다. 그 목소리를 판단하거나 규정하거나 멋대로 정의하는 것이 아니라 끝까지 듣는 것. 그것이 기억하는 일의 가장 중요한 부분이라고 생각한다. 그들의 삶을 되돌릴 수는 없지만 그들의 명예와 존엄을 지키고 유가족과 생존자들의 목소리에 귀기울여야 하는 과제가 2024년 봄, 여기에 남아 있다.

이 글을 쓰면서 나는 세월호 참사가 벌어진 지 '벌써' 십 년이 되었다고 느꼈다. 하지만 고 장준형 학생의 아버지 장훈씨

---

* 416세월호참사 작가기록단, 같은 책, 385쪽.

의 인터뷰를 읽으며 나는 세월호 참사가 많은 이에게 '벌써'가 아니라 '지나가지 않은' 여전한 현재라는 사실을 깨달았다. '벌써 그렇게 되었나요?'라고 묻는 일이 누군가에게는 상처를 줄 수 있다는 사실도.

2014년, 그러니까 마흔다섯 살까지 살아온 인생보다 2014년 4월 16일부터 지금까지 살아온 인생이 더 길게 느껴져요. 416 이전과 416 이후에 체감하는 시간이 극명하게 달라요. 어렸을 때부터 사건 전까지 차곡차곡 추억을 쌓아왔던 그 시간이 전부 무의미해지고·416 이후의 시간들만 남았어요…… 이제 오 년째인데 일 년이 십 년 같아요.*

세월호 참사, 그리고 그 이후 십 년 동안 세월호 유가족과 생존자들이 받은 상처는 비단 참사 그 자체에서 비롯된 것만이 아니었다. 우리 사회는 그들의 절실한 요청에 침묵하거나 잔인하게 응답했다. 그 시간 동안 우리가 경험한 것은 목숨이, 삶이 사라진 자리에 응당 진실과 사죄가 놓이는 모습이 아니었다. 책임지지 않기 위해서, 고통을 나누고 싶지 않아서, 보고 싶지 않아서, 들어줄 인내심이 없어서, 혹은 깊은 고통을

---

* 같은 책, 47쪽.

겪은 사람들을 무참하게 대하는 사회적인 관성으로 저지른 폭력이었다. 인간을 인간답게 대우하지 않는 우리 사회의 비인간성을 우리는 똑똑히 들여다보게 되었다.

하지만 그 경험만이 지난 십 년의 전부는 아니었다. 구조 활동에 나섰다가 순직한 소방관과 잠수사들, 팽목항으로 내려간 자원봉사자들, 동거차도 주민들, 세월호 특별법 제정을 위해 서명에 나서고 유가족과 함께 행진한 시민들, 자신만의 방식으로 싸워나간 사람들, 기록되지 않은 수많은 사람의 투쟁과 사랑 또한 그 시간 속에 있었다.

광화문 분향소에 들러서 내 글을 낭독한 적이 있었다. 발걸음을 재촉해야 할 정도로 추운 겨울밤이었다. 그때 분향소 텐트 바깥으로 기도하는 사람들이 보였다. 열 명도 되지 않는 사람들이 플라스틱 간이의자에 앉아서 고개를 숙이고 있었다. 그들은 칼바람이 부는 밤, 어둠 속에서 몸을 웅크린 채로 유가족의 상처가 치유되기를, 세상을 떠난 희생자들의 영혼이 안식을 얻기를 함께 빌고 있었다. 마이크에서 흘러나오던 작은 목소리가 분향소 텐트 안까지 들어왔다. 그 목소리는 마치 이 세상에는 차가운 바람만 부는 것이 아니라고, 여기에 우리의 마음이 있다고 일러주는 것처럼 들렸다. 가까운 여기서 누군가 함께하고 있다고.

너의 고통은 나의 삶과 무관하다고 가르치는 세상 속에서도 그렇지 못한, 그럴 수 없는 사람들과 어떤 언어로도 분명히 설명될 수 없는 사랑이 존재했다. 한겨울, 몸을 가려주는 벽 하나 없는 차가운 콘크리트 바닥 위에서 눈을 감고 기도하는 마음 같은 것이. 함께 울면서 거리를 행진하고 서명을 받고, 오해하는 사람들을 붙잡아 설득하고자 하는 간절한 마음 같은 것이 이 세상에 분명히 존재했다. 자신에게 그토록 상처를 준 세상과 사람들에게 더 안전한 사회, 그래서 누구도 자신과 같은 고통을 더는 경험하지 않기를 바라며 맞서 싸우는 유가족과 생존자들이 있었다. 그들의 투쟁에 우리 사회의 구성원들은 모두 큰 빚을 졌다.

세월호 참사로 생명을 잃은 희생자분들께, 구조 활동을 펼치다 순직하신 소방관, 잠수사 선생님들께 고개 숙여 애도의 마음을 전한다. 유가족과 생존자들, 세월호 참사로 인해 고통을 겪고 계신 모든 분께 이 글을 바친다.

진은영 시인의 시 「그날 이후」의 마지막 구절을 옮기며 글을 마무리하고자 한다.

> 엄마 아빠, 그날 이후에도 더 많이 사랑해줘 고마워
>
> 엄마 아빠, 아프게 사랑해줘 고마워
>
> 엄마 아빠, 나를 위해 걷고, 나를 위해 굶고, 나를 위해 외

치고 싸우고

　나는 세상에서 가장 성실하고 정직한 엄마 아빠로 살려는
두 사람의 아이 예은이야

　나는 그날 이후에도 영원히 사랑받는 아이, 우리 모두의 예
은이

　오늘은 나의 생일이야*

---

* 진은영, 「그날 이후」, 『나는 오래된 거리처럼 너를 사랑하고』, 문학과지성사,
2022, 48쪽. 이 시에 시인이 붙인 말을 옮겨 적는다. "유예은은 2014년의 4·16 세
월호 참사로 희생된 안산 단원고 2학년 3반 학생입니다. 10월 15일, 안산의 치
유공간 '이웃'에 예은이 부모님과 하은, 성은, 지은 세 자매, 그리고 친구들이 모
여 아이의 열일곱번째 생일 모임을 했습니다. 그날은 쌍둥이 언니 하은이의 생
일이기도 했습니다. 생일 모임에 참석하지 못한 예은이를 대신하여 시인 진은영
이 예은이의 이야기를 전했습니다."

인간과 동물 사이

이번 봄^{2019년}, 나는 오래 살던 동네를 떠나야 했다. 별다른 일이 없으면 영원히 정착하고 싶었을 만큼 만족했던 동네였지만 사람 일이 종종 그렇듯이 변화는 예고 없이 찾아왔다. 나는 이사가 결정된 순간부터 나를 대신할 캣맘을 찾기 시작했다. 동네에서 오 년째 매일 길고양이에게 밥을 주고 있었기에 아무 대안 없이 이사를 갈 수는 없어서였다. 다행히 인터넷 카페에서 내 글을 읽은 어떤 캣맘에게서 연락이 왔다. 그분은 내가 밥을 주는 곳에서 걸어서 십오 분 정도 걸리는 곳에 사는 육십대 여성이었다. 우리는 고양이 밥자리에서 만나기로 했다.

우리가 만난 시간에 밥자리에는 흰 양말을 신은 턱시도 고양이 하나가 와서 밥을 기다리고 있었다. 그분은 자연스럽게 주머니에서 고양이 밥 봉지를 꺼내어 그애에게 주었고, 아이는 잘 받아먹었다. 아무 걱정 하지 말고 이사가라고, 자기가 알아서 잘 주겠다고, 여기에서의 일을 잘 정리하라고 말씀하는 그분의 모습을 보며 나는 감사하고 안도한 마음에 조금 눈물이 났다.

이야기를 들어보니 그 캣맘은 우리 동네 고양이만 챙기는 게 아니었다. 우리 동네와 옆 동네의 여러 장소를 돌며 매일 밥과 물을 챙겼다. TNR*을 시키지 않으면 밥 주는 것이 무의미한 일이라면서 사비로 TNR을 진행하기도 했다. 매일 고양이를 챙기는 일을 하는 동안 십 킬로그램이 빠지고, 고양이 밥에 쥐약을 타놓겠다는 협박도 여러 번 들었다고 했다. 그래서 눈에 띄지 않도록 어두운 빛의 옷을 입고 해가 저문 시간에 밥을 주러 다닌다고, 고양이에게 밥을 줄수록 사람이 무서워져서 가슴이 두근거린다고 했다.

이사가기 며칠 전에 그분을 다시 만나서 한참 이야기를 나눴다. 그분은 캣맘 생활을 하며 구조한 고양이 일곱 마리, 그리고 개 한 마리와 함께 살고 있다고 했다. 지속적인 허리 통증이 있고 경제적으로도 풍족한 상태가 아니지만 자신에게 캣맘 생활은 '브레이크 없는 자동차'를 탄 것과 마찬가지라고 했다.

---

* TNR은 길고양이를 안전하게 포획한 후(Trap) 중성화 수술을 하고(Neuter), 다시 포획한 장소에 방사하는(Return) 방식을 가리킨다.

한번 시작한 이상 멈출 수가 없다고. "내가 아무리 아프고 힘들어도 길에 사는 애들만하겠어요? 내가 도울 수 있으면 도와야지." 그분은 이 일을 하며 사람들과도 많이 싸웠다고 했다. 지치고 힘들다고, 자기도 여기까지 오게 될 줄 몰랐다면서.

그분은 오십대까지만 해도 고양이를 잘 몰랐다고 했다. 평생 개만 키워왔는데 어쩌다 고양이 한 마리를 구조하게 된 이후 길고양이들이 눈에 들어왔다. 그애들이 눈에 밟혀서 밥을 주다 보니 멈출 수가 없었고, 인터넷으로 정보를 찾아보고 TNR을 하지 않으면 의미가 없다는 사실을 알게 된 후로는 TNR도 시작했다. 길고양이들이 눈에 밟히기 시작하니 밥을 주는 구역도 늘어났다.

나는 매달 일정한 날짜에 아이들이 먹을 사료와 간식을 그분께 보내기로 약속하고 이사를 했다. 그러다 옛 주소로 택배를 보내는 실수를 해서 예전 동네에 가야 했는데, 이삿날에도 만나지 못했던 노랑이를 봤다. 노랑이를 처음 본 건 2013년 겨울이었다. 어느 날 주차장에서 피자 조각을 입에 물고 가는 흰 고양이를 봤고, 집에서 사료를 챙겨 다시 나왔는데 흰 고양이가 아니라 노란색 작은 치즈 고양이가 나와 있었다. 그 아이가 바로 노랑이였다. 노랑이는 내가 준 사료를 허겁지겁 먹었다. 그해 겨울에는 몇 번 사료를 주기만 했다. 본격적으로 밥을 준건 2014년이었다. 밥을 준 곳에서 밥을 줬던 시간에 노랑이가 기다리고 있다는 걸 안 이상 멈출 수가 없었다.

노랑이는 매일 정오에 밥자리 근처에 있다가 내가 도착하면 낮은 자세로 걸어와 조심스레 밥을 먹었다. 그러기를 만으로 오 년이었다. 나와 노랑이는 그렇게 오 년을 매일 본 사이였다. 노랑이는 신중한 고양이여서 내가 밥을 주는 오 년 동안 언제나 일정한 거리를 유지하며 결코 가까이 다가오는 법이 없었다. 그런데도 내가 멀리서 보고 있자면 밥을 먹다가도 나를 빤히 보고 '눈 키스'*를 하곤 했다.

내가 길에서 잠시 서 있기라도 하면 화단에서 "야옹" 소리가 났다. 그쪽을 보면 늘 노랑이가 있었다. "야, 나 노랑이야! 나 여기 있다고! 안녕, 안녕!" 하고 인사하는 것 같았다. 이샛날에는 너무 이른 시간에 밥을 주러 가서 노랑이를 보지 못했다. 그런데 택배 상자를 가지러 간 날, 지하 주차장으로 이어지는 화단을 뚜벅뚜벅 걸어가는 노랑이의 뒷모습을 보게 된 거였다. 노랑이는 적어도 만으로 여섯 살이었다. 확실히 나이든 태가 났다. 집고양이는 여섯 살이면 한창때지만 길고양이의 시간은 가혹하게 흐르니 말이다.

내가 밥을 주는 구역에는 노랑이를 중심으로 몇몇 고양이가 드나들었다. 수풀이 우거진 곳이어서 내가 밥을 주고 있다

---

* 고양이의 애정 표현 중 하나로, 눈을 천천히 감았다가 뜨는 행동을 가리킨다.

는 사실을 아는 사람도 없었고 눈에 띄지도 않았다. 고양이들은 그 수풀에서 휴식을 취하곤 했다. 수풀 안에서 어정쩡한 자세로 낮잠을 자는 고양이들을 보면 반갑고 좋으면서도 언제나 걱정이 되고 마음이 아렸다. 길고양이에게 밥을 주면서 별 감정이 없던 겨울도 싫어졌다. 그 시기에 길에서 태어난 아기 고양이, 어린 고양이, 아픈 고양이, 약한 고양이는 추위를 버틸 수가 없다. 튼튼한 성묘成猫라고 하더라도 겨울은 피부를 찢는 고통으로 다가올 것이다. 봄이 되었지만 아직 찬바람이 부는데도 밥 주는 곳 근처에 와서 일광욕하는 고양이들을 보면 고맙고 대견한 마음이 들었다.

사람의 미래는 조금도 예측할 수가 없다는 생각을 요즘 들어 더 많이 한다. 고등학생 때까지만 해도 나는 길고양이가 무서워서 피해 다니는 사람이었다. 길고양이가 발정기에 내는 울음소리를 들으면 귀를 막고 달렸다. 주위에도 고양이를 반려동물로 키우는 사람이 없었다. 엄마도 고양이가 뱀만큼 무섭다고 말했다. 고양이를 싫어하는 사람들 사이에서 자라다보니 나도 자연스레 고양이를 무서워하고 싫어했던 것 같다.

그런 게 혐오의 본질 아닐까. 제대로 알지도 못하면서, 알려고 하지도 않으면서 무턱대고 무서워하고 싫어하는 거. 단 한 마리의 고양이와도 알고 지내지 않았으면서, 알아보려고 하지도 않았으면서 막연하게 부정적인 이미지를 그리면서 쳐다보려 하지도 않았던 과거의 나처럼 말이다.

지금은 애묘가 중의 애묘가가 된 엄마에게 "엄마는 예전에 왜 고양이를 싫어했어?" 물어보니 엄마는 "어떻게 그럴 수가 있었지?" 자문했다. "아니, 고양이가 얼마나 예쁜데 내가 어떻게 고양이를 싫어할 수가 있었지? 예전에 에드거 앨런 포 소설 「검은 고양이」를 읽고 고양이가 무서워진 것 같아. 그리고 고양이가 요물이라고 어른들이 그러고 다 싫어했잖아. 그래서 그랬던 것 같아." 그런 우리가 어쩌다가 아기 고양이 한 마리를 키우기 시작하면서 모든 것이 바뀌었다.

우리의 첫 고양이 레오는 2003년 11월생으로 2019년 7월 현재 만으로 십오 년 팔 개월째 살고 있다. 레오는 지금 많이 아픈 상태다. 얼굴이나 하는 짓은 아직도 어린애 같은데 우리 가족은 지금 레오의 마지막을 준비하고 있다. 이런 일에 마음의 준비가 무용하다는 것을 알면서도 나는 줄곧 생각하곤 한다. '그래도 레오는 크게 아프지 않고 잘 지냈고 항상 사랑받았어. 겉으로는 영영 떠나는 것처럼 보여도 보이는 게 전부는 아니니까 다시 만날 수 있어. 그러니 레오가 최소한의 고통만 겪고 편하게 가기만을 바랄 뿐이야.' 나는 이 생각을 망상이라고 여기지 않는다.

사후라는 것이 있는지 없는지, 그게 어떤 모습일지 전혀 알 수 없다는 걸 인정하면서도 이것이 우리의 끝은 아니라는 생각을 하게 된다. 동물 친구를 떠나보낸 뒤 나는 이런 생각을 그저 소망이 아니라 확신으로 받아들였다. (레오는 2020년 5월에 고양이 별로 떠났다. 살날이 얼마 안 남았다는 진단을 받은 후로도 일 년이 넘게 우리 곁에 있어줬다. 레오는 엄마가 퇴근하는 시간까지 기다렸다가 가족들이 보는 앞에서 무지개다리를 건넜다.)

레오를 시작으로 나는 미오와 마리, 포터를 입양했다. 마리는 육 년 전 무지개다리를 건넜다. 방금 이 문장을 쓰면서 '벌써 그 일이 육 년 전의 일이구나' 하고 깨닫게 됐다. 마리와는 고작 일 년 조금 넘게 같이 살았는데 그 이후에도 육 년의 시간을 매일같이 그리워하고 있으니 이건 무슨 인연인 걸까. 마리는 건강한 어린 고양이였다. 아직도 마리의 마지막 모습이 떠오른다. 침대 위에서 미오와 같이 앉아서 나를 바라보던 모습이. 그게 마지막이 될 줄은 몰랐다. 무슨 이유인지 마리는 그 이후 내 꿈에 한 번도 나오지 않았다.

마리가 갑작스럽게 무지개다리를 건너고 내가 정신을 못 차리고 있을 때, 당시 과외를 받던 중학생 아이가 이런 말을 했다. "선생님은 죽으면, 죽어서 눈을 뜨면 반겨줄 고양이들이 많겠어요." 그 아이의 사려 깊은 말을 듣고 나서부터 그 장면을 종종 그려보곤 했다. 아침에 눈을 뜨면 고양이들이 야옹 하며 다가오듯이, 죽은 뒤에 눈을 뜨면 대수롭지 않은 얼굴로 걸어올 고양이들의 모습을. 그때는 모든 그리움이 해소되고 너무 짧았던 시간의 아쉬움이 다 채워질 것이다. 나는 그런 식으로 생각하고 있다.

마리의 죽음은 너무 순식간이었기에 마음의 준비를 할 시간이 없었다. 그때는 그런 생각을 했다. 차라리 한동안 아프다가 갔으면 작별인사라도 할 수 있었을 텐데, 지금보다 덜 고통스러웠을 텐데. 이기적인 생각이라는 걸 알면서도 그때는 그렇게 생각했다. 내가 이렇게 고통스러운 건 마리에게 작별인사할 시간조차 없었다는 이유가 크다고, 그럴 수 있었다면, 적어도 일주일이라도, 사흘이라도, 하루라도 인사할 시간이 있었다면 이렇게 고통스럽지는 않았을 거라고 믿었기 때문이었다.

그러나 지금의 나는 다르게 생각한다. 내가 마리를 잃어서 고통스러웠던 건 이별의 방식 때문만이 아니었다. 나는 마리를 사랑한 만큼 고통받았고, 마리를 사랑한 만큼 애도해야 했다. 나는 아직도 마리를 잃은 상실을 애도중이고 아마 이 애도는 내가 죽을 때까지도 이어질 것 같은데, 그건 내가 그만큼 마리를 마음을 다해 사랑했기 때문이다. 마리가 다른 방식으로 무지개다리를 건넜다고 해서 내가 느꼈을 고통이 줄어들지는 않았을 것이고, 내가 덜 울지는 않았을 것이다. 그저 사랑한 만큼 아픈 것이다. 마리를 상실한 방식만이 문제가 아니었다. 적어도 나에게는.

'고양이가 뭐라고 저렇게 오버하는 거야?' 누군가는 그렇게 생각하리라는 것을 안다. 예전의 내가 그랬으니까. 어릴 때, 키우던 강아지가 무지개다리를 건너서 울던 친구를 보며 나는 별다른 감정을 느끼지 못했다. 너무 슬퍼서 한 달 내내 울었다는 얘기를 들으면서 그 마음이 무엇인지 이해해보려고 했지만 알 수가 없어 난처했다. 나는 동물을 사랑해본 적이 없는 사람이었다. 사람과 관계된 일에는 공감할 수 있었지만 동물과 관련된 일에는 어떻게 공감해야 하는지 알지 못했다. 그 마음의 밑바닥에는 '그래 봤자 동물이잖아'라는 생각이 자리해 있었던 것 같다.

'동물이잖아.' 이 말은 동물과 관련된 민감한 이슈에 언제나 등장하는 말이기도 하다. '사람도 아닌데 그렇게 대할 수 있지.' '사람도 아닌데 어떻게 살든 그게 무슨 문제야.' 동물권 이슈는 언제나 조심스러운 문제였다. '동물'권'이라고? 불쌍한 사람들이 얼마나 많은데 사람부터 도와야지 동물은 무슨' 같은 말들. '동물은 사물인가. 동물은 감정이 없는가.' 동물과 제대로 된 소통을 해보지 않고서는 이 질문에 답하기 어렵다.

일찍이 데카르트는 동물을 '움직이는 기계'라고 말했다. 그의 논리에 따르면 동물에게는 인간과 같은 이성이 없으므로 보다 더 나은 작동을 위해 마음껏 때리고 함부로 대하는 것은 문제될 것이 없다. 어느 날, 길가에서 마부에게 채찍질당하는 말을 본 니체는 말에게 다가가 데카르트를 대신해 용서를 빌었다.* 데카르트의 논리로 돌아가는 세계에서 동물을 다른 방식으로 사고한 니체는 광인으로 여겨졌을 것이다.

'동물은 사물인가. 동물은 감정이 없는가.' 이제 나는 이 질문에 확신을 갖고 답할 수 있다. 동물은 사물이 아니다. 동물도 감정이 있다. 동물의 기본적인 욕구에는 관심받는 것, 사랑받는 것, 감정적인 교류가 포함된다. 동물 또한 신체적인 쾌와 불쾌를 인간만큼 느낀다는 것은 자명한 사실이다. 포유류 같은 경우 모든 종이 '쓰다듬기touching'에서 불안 감소와 편안함을 느낀다.

또한 개의 뇌는 인간의 뇌와 유사하며, 개는 인간의 언어적, 비언어적 표현을 어린아이 수준으로 이해한다. 개는 공감한다. 개는 인간이 느끼는 슬픔과 분노, 기쁨과 외로움을 모두 인지할 수 있으며, 거기에서 끝나는 것이 아니라 깊이 공감한다. 공감은 인간에게도 자동적으로 부여된 능력이 아니다. 원초적인 수준의 공감조차 하지 못하는 인간을 우리는 얼마나 많이 알고 있나. 그렇지만 개는 깊은 수준의 공감을 하고 인간

---

* 1889년 1월 3일, 니체는 이탈리아 토리노의 한 광장에서 마부로부터 무자비하게 채찍질을 당하는 말의 모습을 목격하고 눈물을 흘린다. 밀란 쿤데라는 장편소설 『참을 수 없는 존재의 가벼움』(민음사, 2009)에서 바로 이 '토리노의 말'을 언급하며 니체의 울음에는 데카르트를 대신해 말에게 사과하려는 의미가 담겨 있으리라고 해석한다.

을 위로하기 위한 능동적인 반응을 할 수 있는 능력이 있다.

지금까지 네 마리의 고양이를 키운 나는 고양이도 깊은 감정을 느낀다는 것을 잘 알고 있다. 고양이는 먹고 싸고 울기만 하는 사물이 아니다. 내가 키운 네 마리의 고양이는 몇몇 일반적인 특성을 제외하고 모두 다른 성격을 지녔다.

레오는 말이 별로 없고 자기주장이 강하지 않은 편이다. 낯가림이 심하고 우리 엄마를 제일 좋아한다. 가족이 아닌 다른 사람들이 가까이만 다가가도 경계하면서 가족에게는 은근히 다가와 옆에 앉아 있는 걸 좋아한다. 그러나 가족도 가족 나름이어서 내가 너무 가까이 다가가거나 자기가 원하지 않는 상황에서 만지면 화도 낸다. 엄마는 어느 상황에서 만져도 모두 다 허용해준다.

미오는 자기주장이 강하고 말이 많은 편이다. 감정 기복도 심한 편이어서 기분이 좋을 때는 한없이 '골골송'*을 부르고 핥아주다가도 불쾌한 감정이 일면 소리쳐서 표현한다. 사람에게 정말 많이 의존하는 고양이로 밤에 잘 때 항상 몸을 붙이고 잔다. 알고 보면 제일 다정한 고양이다.

마리는 내가 키웠던 고양이 중에 가장 순한 고양이였다. 말수도 별로 없고 미오와도 잘 지냈다. 까다로운 부분이 하나

---

* 고양이가 편안함을 느끼거나 만족스러울 때, 마치 노래를 부르듯 입 밖에 내는 그르릉거리는 소리다.

도 없는 개냥이 중의 개냥이였다. 잠을 잘 때는 항상 내 배 위나 목 위에서 잤고 아침에 일어나서 눈을 뜨면 골골송을 부르면서 나를 반겼다. 어디에 앉아 있든 바로 무릎 위로 올라와서 골골거렸다. 그러면서도 낯을 가려서 손님이 오면 장롱 안으로 들어가 숨곤 했다.

포터는 질투가 많은 편이다. 포터야, 불러도 오지 않다가 미오를 쓰다듬으면 득달같이 달려와서 미오 말고 자기를 쓰다듬어달라고 요구한다. 내가 미오에게 다정하게 말이라도 걸면 미오에게 다가가서 얼굴을 치기도 한다. 벌러덩의 고수여서 화장실에 가려고 하면 총총 앞으로 걸어와 벌러덩 드러눕는다. 자기에게 집중해달라는 뜻이다. 그러면 나는 다정한 톤으로 이런저런 말을 하면서 쓰다듬고, 포터는 기쁨의 골골송을 부른다.

이 모든 일이 한 마리의 고양이를 사랑하면서 시작됐다. 고작 한 마리의 고양이를 사랑했을 뿐인데 세상의 모든 동물에 대한 시각이 달라졌다. 고양이를 키우고부터 길고양이들이 다 자기 자식같이 보인다고 말하는 사람을 나는 여럿 보았다. 내가 이 아이들을 알지 못했더라면 나는 여전히 길고양이를 싫어하고, 동물에 대해서도 피상적인 수준에서 생각했을지 모른다. 내가 한 인간으로서 세상 모든 동물에 대한 기득권자라는 사실을 뼈저리게 느끼지 못했을지도 모른다. 펫숍 거리를 걸으며 마음이 찢어지지도 않았을 것이고, 시골 마당에 짧은 줄로 팽팽하게 묶여 있는 개들을 보고 마음 아플 일도 없었을 것이다. 동물 학대에 관한 뉴스를 보고 잠을 설칠 정도로 가슴 아파하지도 않았을 것이다. 채식주의자들을 보고 '그래도 고기는 먹어야지'라고 말하면서 한편으로는 완전 채식주의자가 아닌 채식주의자들에게는 엄격한 잣대를 들이대며 '물고기도 고기잖아'라고 빈정대는 사람이 되었을지도 모르겠다.

내 세상은 지금보다 훨씬 더 좁았을 것이고, 나는 그 좁은 세상에서 지금보다 더 편한 마음으로 살았을 것이다. '그래 봤자 동물이잖아'라는 논리 하나로 눈을 가렸을 것이고, 고통받는 동물에게 관심을 기울이는 사람들을 보며 반쯤은 불편해진 마음으로 그들의 '유난함'을 도리어 비난했을지도 모르겠다. 얼마나 편했을까, 그 무심함 속에서 나는. 동물에 관해 알지 못했다면 분명 마음이 더 편했을 것이다. 하지만 내 세상은 지금보다 더 좁고 삭막했을 것이다.

많은 사람이 동물권을 사치스러운 개념으로 여기는 것 같다. 사람도 살기 힘든데 동물의 삶까지 고려해야 하느냐는 생각 때문일 것이다. 그러나 나는 인간으로서 추구할 수 있는 모든 가치는, 추구할수록 고갈되지 않고 오히려 다른 영역에까지 퍼져나간다고 생각한다.

대학 시절에는 '여성 인권은 노동자 권리 다음으로 생각해야 한다'는 말을 듣기도 했다. 자본주의의 모순이 해소되면 여성 인권 문제도 자연히 같이 해소되리라는 논리였다. 지금 생각하면 비합리적인 주장이지만 그때는 그런 이야기를 진심으로 믿는 사람들이 있었다. 여성 인권 운동은 배부른 여자들의 징징거림 정도로 받아들여지고 진지한 문제로 다뤄지지 않았다. '해일이 이는데 조개나 줍고 있다'는 말이 나온 것도 그때의 일이었다. 많은 사람이 그 발언에 동의했던 것을 기억한다.

'(이것 말고) 먼저 처리해야 할 일이 있다. (이보다) 더 중요한 권리가 있다'는 말은 기득권의 언어다. 부정의를 인식하고 이를 개선하고자 하는 모든 운동은 저마다의 가치가 있으며 우열이 없고 사실상 많은 경우 서로의 가치를 공유하고 뿌리가 얽혀 있다. 여성, 어린이, 청소년, 노인, 장애인의 인권이 보장될수록 남성, 성인, 젊은이, 비장애인의 인권이 퇴보하는 게 아닌 것처럼. 이런 식의 이분법은 완전한 환상이며, 이런 환상을 사람들에게 불어넣어 실제로 이익을 보는 이들이 누구인지 생각해볼 필요가 있다.

대부분의 여성 노동자가 비정규직으로 일하고 있는 것이 자본주의만의 모순 때문일까. 그것은 여성의 노동 자체를 사소한 것으로 평가절하하고 여성에게 출산과 육아의 책임을 전가하는 가부장적 시스템이 결합한 문제다. 여성 인권 문제가 가시화되고 소수자 문제가 진지하게 논의되고 전반적인 인권 기준이 올라갈수록, '사람을 이런 식으로 대하면 안 되지'라는 사회적인 합의의 폭이 넓어질수록 우리 모두는 보다 더 정의롭고 안전한 세계에서 살아갈 수 있다.

나는 대한민국이 잔인함에 굉장히 관대한 나라라는 생각을 하곤 한다. 읽기 고통스러울 정도의 기사들이 쏟아지는 이 사회에서 가해자들은 언제나 배려받고 이해받는 것처럼 보인다. 이미 기울어진 운동장에서 '중립'을 취하는 것만으로도 기득권의 편에 서는 것과 마찬가지인데 법과 사회적 시스템은 놀라울 정도로 기득권의 입장을 보호한다.

나는 이 모든 문제의 밑바닥에는 타자의 고통에 공감할 줄 모르는 정신이 스며 있다고 생각한다. 그 정신을 '잔인함'이라고 말하고 싶다. 공감하지 못하면 사람은 자연스럽게 잔인해질 수밖에 없다. 타인에게 공감하지 못하는 사람은 타인이 자신만큼 상처받을 수 있는 존재라는 것을 상상하지 못한다. 타인도 자신만큼의 존엄이 있는 존재라는 것을 상상하지 못한다. 한국사회를 살아가다보면 어떤 사람들은 다른 이들보다 더 많은 존엄을 부여받은 것처럼 보인다. 누군가는 더 많이, 더 쉽게 공감받는다. 그리고 또다른 누군가는 작게나마 자기 목소리를 내기 위해서는 존재를 걸어야 하고, 쉽게 의심받으며, 분명한 감정조차도 공감받지 못한다.

하물며 인간의 언어 자체가 없는 동물은 인간에 의해 얼마나 쉽게 타자화될 수 있는지, 별다른 의식 없이 인간은 동물에게 얼마나 잔인해질 수 있는지 돌아볼 필요가 있다. 동물의 권리를 생각하자는 것은 동물을 인간처럼 대하자는 이야기가 아니다. 우리 인간 집단이 동물에 대해서 철저한 기득권자이며, 의식 없이 동물을 대할 때 얼마든지 잔인해질 수 있다는 사실을 인정하자는 말이다. 인간과 동물 사이에는 차이가 있다. 그러나 그 차이가 한쪽이 한쪽에게 일방적인 고통을 가하는 일을 정당화할 수는 없다. 이곳이 사자와 사슴이 같이 풀을 뜯는 에덴동산이 아니라는 것을 알고 있다. 생명을 유지하기 위해서는 결국 다른 생명을 취해야 하는 원리를 부정하는 것도 아니다. 그렇지만 이 정도까지 잔인해질 이유는 없다는 말을 하고 싶다.

'개 공장' '고양이 공장'에서 아이들을 번식시켜 상품으로 전시해 팔고, 동물들을 '구입'해 때로는 '반품'하고 유기하는 일에 어떤 제재도 가하지 않는 법이 잔인하다. 인간이 남긴 음식물 쓰레기로 사료를 만들어 동족에게 동족의 살을 먹게 하고, 부패한 음식물 쓰레기를 그대로 급여하여 동물들을 병들게 하고 죽게 하는 방식이 잔인하다. 사육장에서 개를 키우고 죽이는 방식이 잔인하다.

내가 이번에 카라에서 일대일 결연을 맺은 '연아'는 시골의 떠돌이 개였다.* 연아는 복날에 개를 잡아먹으려는 마을 사람들이 설치한 덫에 걸렸다. 연아의 친구는 사람들 손에 죽었지만, 연아는 도망가서 숨어 있다가 구조되었다. 그러나 이미 앞다리와 뒷다리가 덫에 크게 다쳐서 두 다리를 절단하는 수술을 받아야 했다. 우리 이렇게까지 해야 하나요. 나는 그렇게 묻고 싶다. 이렇게 다른 존재에게 고통을 주면서까지 살지 않아도 되는 거 아닌가요.

인간과 개는 이미 오랜 시간 동안 깊은 유대와 공감을 나누었다. 토양이 척박하고 먹을 것이 없었던 시대에 키우던 개를 먹던 풍습이 있었던 것은 사실이지만, 먹거리가 풍족한 지금도 개를 그런 식으로 잔인하게 키우고 때려 죽여 먹는 것은 불필요하고 가슴 아픈 일이라고 생각한다. 개와 인간의 관계성을 생각해보면, 개가 인간과 어느 수준까지 깊게 공감하고 교류할 수 있는 존재인지 고려하면, 우리는 그렇게까지 잔인해지지 않아도 된다.

동물의 마음에 가까이 다가갈 때면 나도 사람이 두렵고 무섭다. 그렇지만, 그럼에도 불구하고 세상에는 아프고 도움이 필요한 약한 존재들에게 힘이 되어주는 사람들 또한 존재한다. 연아를 구조해주신 구조자님, 하루도 쉬지 않고 봉지 밥을

---

* '일대일 결연'은 비영리 동물보호단체인 '동물권행동 카라'에서 진행하는 프로그램으로, 구조된 동물이 건강하게 살아갈 수 있도록 결연을 맺어 후원하는 방식이다.

들고 다니며 곳곳의 길고양이들에게 밥을 주는 캣맘이 있는 것처럼. 그리고 소망하게 된다. 동물과 사람의 관계가 몇몇 사람의 희생이나 선의에만 기대어 유지되어서는 안 된다고. 우리는 촘촘한 그물망을 같이 짜야 한다. 이 척박한 환경에서 카라와 카라 회원들이 지금껏 해낸 일들처럼. 미래의 세대들에게 지금의 현실이 '믿기 어려운 과거'가 될 때까지.

에필로그

나의 거의 모든 것

"너는 글을 쓰지."

얼마 전, 할머니가 내게 말했다. 아흔다섯을 지나는 할머니는 기억을 잃어가고 있다. 내가 카네이션 꽃바구니를 드리니 "꽃이 예쁘다" 하고는 얼마 지나지 않아 "근데 이 꽃은 뭐지?" 라고 다시 물었다. 할머니에게 드리는 선물이라고 말하고 "이모가 자주 와요?"라고 물었다. 할머니는 멋쩍게 웃으면서 "난잘 모르겠어"라고 답했다. 할머니는 마치 처음 가본 마을에서 길을 잃은 아이처럼 보였지만 내내 차분하고 고요했다. 할머니는 길게 말하지도, 표정이나 목소리로 감정을 크게 드러내지도 않았다.

그런 할머니가 내게 말했다. "너는 글을 쓰지." 나는 대답했다. "네. 맞아요." 할머니는 다시 말했다. "너는 책을 써." 내가 대답했다. "네. 책을 써요." 그게 우리 대화의 전부였다.

몇 년 전만 하더라도 할머니는 이렇게 말하곤 했다. "참 대단하기도 하지. 쓰기만 하면 책이 되고. 너는 어떻게 그렇게 글을 술술 잘 쓰니." 나는 할머니의 말대로 글을 술술 잘 쓰는 사람은 아니었지만 그 말에 아니라고 답하지는 않았다. 할머니와 나의 삶이 멀어지면서 할머니가 내게 할 수 있는 말이 한정되어 있다는 걸 알아서였다. 그때보다 적게 말하면서도 할머니는 내게 그때와 같은 마음을 전하고 있었다. 할머니는 글쓰기가 나의 거의 모든 것이라는 것을 알았고, 그런 내 삶을 응원하고 싶었을 것이다. 할머니는 그 마음을 애써 그러쥐고 있었다.

할머니를 두고 집으로 돌아가면서 나는 참았던 눈물을 흘렸다. 할머니가 노쇠하고 기억을 잃어서도, 이곳에서 우리에게 남은 시간이 얼마 남지 않아서만도 아니었다. 가만한 눈맞춤, 희미한 미소, 길게 이어지지 않는 대화 속에서 전해지던 애정의 여운 때문이었다. 할머니에게 받은 사랑을 조금도 갚을 수 없다는 것을 알았기 때문이었다. 우리의 사랑이 얼마나 불균등했는지 깨달았기 때문이었다. 할머니가 읽는 일은 없을 테지만, 이 책을 할머니에게 바치고 싶다.

십 년 전, 첫 책을 냈을 때 나는 '두려움 없이 나 자신이 되고 싶다'고 썼다. 내가 되는 것. 작가생활은 그 일이 얼마나 어렵고 두려운 것인지 매 순간 마주하는 시간이었다. 하지만 다른 선택은 가능하지 않다는 것도 이제 나는 안다. 아무리 두렵더라도 더 큰 용기를 낼 수 있기를. 이 책에 실린 글들 또한 그런 바람 속에서 썼다.

*

나의 찢긴 일기장에게, 그걸 찢어 버린 어린 내 손에게, 연필을 깎던 아침에게, 아팠던 무릎에게, 나를 바라보고 매만졌던 사람들에게, 내가 애써 삼킨 말들에게, 열리지 않던 창문에게, 다정한 눈물에게, 눈물보다 부드러웠던 깊은 잠에게, 내가 사랑이라고 믿었던 모든 것에게, 젊었던 할머니에게, 상처와 치유를 주던 시간에게, 좋아하던 하늘색 드레스를 입고 밥상 앞에 앉아 있던 일곱 살의 나에게, 케이크 위 작은 촛불들과 고깔모자, 달콤한 마가렛트 과자에게, 높이 날아간 그네에게 이렇게 멀리서 인사를 보낸다.

문학동네 산문집

백지 앞에서

ⓒ 최은영 2026

초판 인쇄 2026년 4월 17일
초판 발행 2026년 4월 30일

지은이 최은영
책임편집 김내리 | 편집 정민교 김혜정 염현숙
디자인 김유진 이원경 | 저작권 박지영 형소진 주은수 오서영 조경은
마케팅 정민호 서지화 박치우 한민아 왕지경 이민경 정유진 정경주 김혜원 김예진 이서진
브랜딩 함유지 이송이 박민재 김하연 신은서 이준희
미디어콘텐츠 함근아 김은솔 박다솔
제작 강신은 김동욱 이순호 | 제작처 천광인쇄사

펴낸곳 (주)문학동네 | 펴낸이 김소영
출판등록 1993년 10월 22일 제2003-000045호
주소 10881 경기도 파주시 회동길 210
전자우편 editor@munhak.com | 대표전화 031) 955-8888 | 팩스 031) 955-8855
문학동네카페 http://cafe.naver.com/mhdn
인스타그램 @munhakdongne | 트위터 @munhakdongne
북클럽문학동네 http://bookclubmunhak.com

ISBN 979-11-416-0337-3 03810

* 이 책의 판권은 지은이와 문학동네에 있습니다.
  이 책 내용의 전부 또는 일부를 재사용하려면 반드시 양측의 서면 동의를 받아야 합니다.

잘못된 책은 구입하신 서점에서 교환해드립니다.
기타 교환 문의 031) 955-2661, 3580

www.munhak.com